Asalto a los Dioses

Stephen Goldin

Dedicado a **Dorothy Fontana**,
por tantas razones, que haría falta escribir otro
libro sólo para enumerarlas

"Deseo, por el amor de Dios, que Él no exista—porque si es así, tiene una horrible cantidad de cosas por las que responder."

—Philip K. Dick

CAPÍTULO 1

Exactamente como un niño necesita de sus padres, una sociedad inmadura necesita de sus dioses. La libertad siempre es difícil de manejar, y el peso de la auto-responsabilidad sólo puede cargarse después de alcanzar cierto nivel de sofisticación.
—Anthropos, *La Divinidad del Hombre*

La carretera, si es que se le puede llamar así, era un camino simple a través del cual el equivalente local de los caballos—bestias de seis patas llamadas *daryeks*—podían tirar destartalados carros de madera. Los baches causados por la erosión traída por las ruedas de los vagones tenían varios centímetros de profundidad y estaban cubiertos con agua, mientras que el resto de la carretera era fango. Sin tráfico durante la noche, Ardeva Korrell tenía el camino para ella sola. El planeta Dascham no tenía luna y el cielo nublado bloqueaba las estrellas, de modo que su universo era una oscuridad, sólo rota por la luz de la pequeña linterna eléctrica que llevaba mientras hacía el recorrido a pie.

"En el mundo ideal," le murmuró a nadie en particular, "una capitana de astronave no debería fungir también como su propia patrulla guardacostas." Y suspiró. Dascham estaba casi tan lejos de ser el mundo real como ella alguna vez esperó llegar. También podía desear tener su propia nave, un equipo competente y respeto hacia su rango y experiencia. Todos estaban igualmente distantes de la realidad.

Sobre ella, las oscuras nubes amenazaban con llover—lo cual no era algo inesperado, ya que llovía cada noche en las zonas pobladas de este planeta. Una brisa cortante acompañó a las nubes y congeló su espíritu, a pesar del uniforme espacial que la aislaba completamente, a excepción de su cabeza.

"Espero que Dunnis y Zhurat estén ebrios," dijo. "Me dará mucho placer mañana gritarles a sus oídos resacosos y asignarles labores de castigo." El pensamiento la calentó durante un momento, y luego murió al venirle a la mente su entrenamiento religioso. "'La venganza alivia las frustraciones sólo en las mentes inseguras,'" citó. "'La cordura no requiere equilibrar los desbalances naturales.' Lo sé, lo sé. Pero a veces pienso que la vida sería muchísimo más divertida si estuviese un poco menos cuerda."

Pensó en su cabina a bordo del *Foxfire*, que era cálida aunque estrecha, y en los libros que la esperaban allí. Este arduo andar a través del fango hacia una barriada para pasar buscando a un par de miembros del equipo ebrios, no era su idea de una placentera noche fría y húmeda en un mundo alienígena. Pero era necesario. Ella les había dicho que quería que regresaran dentro de cuatro horas; cuando habían pasado seis sin que ellos regresaran, supo que tendría que tomar acciones disciplinarias. El hecho de ser una capitana la ponía en una posición lo suficientemente precaria sin permitir que el equipo tome ventaja de ella.

Al menos, no tendría que caminar de regreso. Los daschameses generosamente le habían suministrado a la nave un pequeño carro para transporte desde y hacia el pueblo, pero los dos miembros errantes del equipo se lo habían llevado con ellos a la ciudad. El único otro medio de transporte además de la yegua de Shank era el bote salvavidas del *Foxfire*, excesivo para un recorrido de dos kilómetros.

Así anduvo, con el barro succionando sus botas al levantar cada pie, pensando de manera alternada entre su cama y los libros que estaban a bordo de la nave y sobre lo que podía hacerle a Dunnis y Zhurat si fuera una persona menos cuerda, en busca de venganza.

Repentinamente, arribó al pueblo. Por un momento, el brillo de su linterna únicamente le mostró campos abiertos y, después, toscas casuchas que servían de vivienda a los daschameses la rodeaban. El suelo bajo sus pies no era mejor por encontrarse dentro del pueblo, se encontraba revuelto por el volumen del tráfico que lo atravesaba a diario.

El asentamiento le parecía a Dev caótico,

escuálido y depresivamente medieval—en resumen, idéntico a los tres otros que había visto desde que *Foxfire* llegó a Dascham una semana atrás. Había chozas en lugar de casas, las cuales habían sido construidas con un material con forma de caña, similar al bambú; las grandes grietas en sus paredes estaban rellenas con barro—apenas el mecanismo más cálido posible. No era de sorprender, entonces, que los daschameses usaran ropa pesada y gruesa. Era preciso hacer algo para evitar que la neumonía segara la raza. Los techos de paja, elaborados como lo que parecían ramas, posiblemente sólo evitaba la entrada del noventa por ciento del agua. Dev se preguntaba si los daschameses morirían si se mudaban a un clima templado; incluso sus amplios y planos pies parecían estar adaptados para caminar sobre el barro.

Dev sacudió su cabeza. Le deprimía ver seres inteligentes viviendo en tal estado de pobreza física. Algo de su carácter racial se había perdido, un sentido de orgullo y logro. Probablemente debido a esos dioses a los que ellos adoraban; los tabúes religiosos eran tan estrictos que apenas le permitían a la gente una vida de subsistencia. "Los dioses de ajustan a las mentes de quienes les sirven," observó Anthropos una vez. Le hizo preguntarse sobre la salud intelectual de los daschameses.

El pueblo estaba oscuro y preternaturalmente tranquilo. Dev calculó la población en muchos miles, aunque después del anochecer había pocos indicativos de que la región se encontrase habitada. Naturalmente, eran los dioses de nuevo—tabúes estrictos contra salir después del anochecer, exceptuando ciertas circunstancias. Para estar segura, incluso los sombríos daschameses tenían vida nocturna, pero era un pálido placer en comparación con la de la civilización humana.

Era una norma del universo el que las criaturas protoplásmicas de sangre caliente pudieran ser afectadas por las bebidas fermentadas. También era una norma el que las mentes inteligentes con frecuencia se aliviasen de las realidades opresivas al inducirse ciertas formas de alteraciones mentales. La combinación de esas dos normas significaba que habría, en cualquier mundo que un ser humano pudiese tolerar, el equivalente a un bar.

Los bares daschameses, construidos en el mismo estilo arquitectónico—o mejor dicho, en la misma carencia de estilo—que las casas, sólo eran ligeramente más grandes. Estaban iluminados durante la noche, en contraste con las oscurecidas casas durmientes, y también tendían a ser ligeramente más ruidosos—aunque de acuerdo a lo que había visto Dev de los nativos, apostaba a que los daschameses eran ebrios tranquilos. Los bares parecían ser los únicos lugares en todo el planeta que ofrecían un descanso del hastío de las vidas de los daschameses—y sería en uno de estos bares donde más probablemente ella encontraría a Dunnis y Zhurat.

No había calles en el pueblo. Las chozas se construían donde quiera que el dueño considerara conveniente, lo cual significaba que un residente debía encontrar la forma de llegar a una choza por instinto.

Dev luchó a través del lodazal, buscando al azar

un pueblo para los hombres de su equipo. Comenzó a lloviznar antes de que ella lograse encontrar el primer bar—una monótona y pesada niebla que difuminaba las siluetas de los objetos a su alrededor. Su cabello castaño, casi corto, se mojó, pegándose a su frente y cuello. Pero además del vapor de la lluvia al golpear el suelo, no había otro sonido—ni bebés llorando, personas hablando, ni mascotas ladrando. Parecía como si el pueblo se agazapara de miedo ante algún horror inmencionable. Finalmente, vio una choza de mayor tamaño con luces que brillaban entre las grietas—un bar. Incrementó su marcha hasta casi correr. No quería moverse con demasiada rapidez y caer en el barro; eso le daría a ese par de payasos una razón más por la cual reírse si se entraba en tales vergonzosas condiciones.

Al entrar al bar, parpadeó hacia la suave iluminación suministrada por velas dispuestas en candelabros alrededor de las paredes. Después de permanecer afuera entre la oscuridad absoluta de la noche daschamesa, le tomó algo de tiempo a sus ojos adaptarse. Además, había una atmósfera llena de humo, la cual Dev atribuyó que fue producida por alguna droga local distinta al alcohol. El humo le causaba ardor en sus ojos, y eso le hacía estrujar sus lágrimas con el dorso de sus manos.

Cuando pudo ver nuevamente, revisó el interior. Cuatro pequeñas mesas punteaban el piso, cada una con cuatro mesas a su alrededor. El propietario se encontraba de pie detrás de una mesa ligeramente más larga—más como un banco de trabajo que como una barra. El piso era de madera desnuda y las paredes—a excepción de los candelabros y algunas cobijas usadas para cubrir las grietas más grandes—estaban exentas de decoraciones.

Muchos daschameses ocupaban las mesas. El metro con ochenta centímetros de estatura de Dev resaltaba entre los demás nativos, quienes sólo promediaban un metro con cincuenta y cinco centímetros. Los daschameses no se parecían más a otra cosa sino a osos de peluche con vida. Un pelaje grueso y despeinado de distintos colores cubría sus cuerpos. Caminaban sobre pies anchos y planos, y usaban pesadas ropas de lana. Sus cortas y rechonchas manos tenían tres dedos cada una y un pulgar oponible. Era imposible para un humano leer cualquier expresión en sus rostros úrsidos, pero a sus ojos les faltaba el brillo vibrante que caracteriza a quienes están realmente vivos.

Ante su vista, los nativos se acercaron rápidamente hacia sus pies—por respeto o miedo, Dev no sabía decirlo. Probablemente un poco de cada uno, supuso. Después de todo, ella era uno de esos extraños seres provenientes del cielo. Muchos daschameses probablemente nunca habían visto a un humano de cerca, ya que su planeta estaba bastante alejado de las rutas ordinarias de comercio y pocas naves se atrevían a llegar hasta allí. Para los habitantes locales, con su primitiva tecnología, los humanos podrían parecer casi tan poderosos como sus propios dioses.

Alcanzando su mejilla, encendió su traductor. "Por favor, no se sobresalten," le dijo al auricular, y escuchó su propia voz emanando la gruñona lengua de los daschameses. "Sólo estoy buscando a dos de mis amigos. ¿Alguno de ustedes los ha visto?"

Hubo silencio durante un momento, y luego hubo gruñidos en voz baja, de los cuales la computadora informó que se trataba de un coro de 'NOs'. Agradeció a las personas y, con un suspiro, se aventuró a salir una vez más.

La llovizna se había convertido en un aguacero solamente durante el corto espacio de tiempo que ella había pasado adentro del bar. Dev deseó haber podido traer su casco con ella, pero en ese caso, hubiese tenido que traer algunos tanques de oxígeno, y las bodegas de *Foxfire* no podían permitirse ese gasto. Así que su cabello castaño tomó un aspecto fibroso y el agua goteaba por su nuca mientras recorría con cansancio el oscuro pueblo para encontrar el próximo bar.

Era una capitana Korrel menos mojada, pero más desesperada, quien caminó hacia la puerta de Elliptic Enterprises dos meses atrás, en búsqueda de un empleo. El planeta era Nueva Creta y la situación era crítica. Su casero había notado su intención al dejar el apartamento; ella casi pudo oírlo preguntarse cuánto tiempo le tomaría fumigar el lugar y mudar a un nuevo inquilino—uno que pagara la renta puntualmente. Sus escasos ahorros prácticamente se habían evaporado y los prospectos de trabajo para la capitana de una nave, quien era tanto humana como eoana, eran mínimas.

La puerta se abrió cuando ella tocó el timbre e ingresó a la oficina externa. Los alrededores no estaban tan mal como ella esperaba. En realidad, la oficina se encontraba ubicada en la zona menos elegante de la ciudad, pero se había hecho un esfuerzo para preservar la dignidad y el confort. Los pisos se encontraban cubiertos con alfombras, y las paredes estaban pintadas en un tono azul relajante y placentero. Interesantes piezas pequeñas de esculturas se encontraban colocadas en los rincones, y un par de móviles de plata colgaban del techo. El escritorio de la secretaria parecía estar hecho con madera real y la superficie de su tope estaba ocupada pero despejada a la vez. Nada en la sala combinaba totalmente con las demás cosas, pero al menos se había tomado algo de esfuerzo y orgullo para hacerla habitable. Dev había solicitado empleo en algunas oficinas que tenían pisos y paredes desnudas, además de enormes insectos que se arrastraban despreocupadamente sobre los escritorios. Esta era una mejora distinta.

La secretaria—una agradable mujer de mediana edad—anotó su nombre, la invitó a tomar asiento y se fue a la oficina interna para informarle a su jefe sobre la llegada de Dev. Dev comenzó a hojear algunas revistas mientras esperaba—inicialmente, sólo para calmar sus nervios, pero apenas después de un minuto se encontraba absorbida por ellas. Casi consideró una intrusión cuando la asistente regresó para decirle que el Maestro Larramac la atendería en ese momento.

Siguió a la mujer hasta la oficina interna, un tributo al eclecticismo. Larramac obviamente era un coleccionista de cachivaches, porque la habitación estaba adornada con extraños artilugios pequeños: un hidrante antiguo, un surtido de rocas coloridas, un conjunto de floreros de porcelana y muchas cosas pequeñas que ella no reconoció de inmediato. Afiches cubrían las paredes: "Trabajar es lo que haces, para que algún día no tengas que hacerlo más" y "Creo en meterme en agua caliente—me mantiene limpio."

Luego Dev notó al hombre detrás del escritorio. Era muy delgado y su cuerpo parecía estar compuesto en su totalidad por ángulos agudos. Sus ropas eran de violentos tonos rojos y azules, y su bragueta sólo era un estaño solapado. Su perilla se estaba poniendo gris y su cabello se estaba haciendo un poco más escaso—aunque no lo suficientemente como para justificar un transplante. La parte afeitada desde adelante hacia atrás a lo largo de su cuero cabelludo—una modificación que indicaba que deseaba unirse a la Sociedad algún día—estaba tatuada con un diseño de números hábilmente entrelazados para formar un intrigante patrón. Su mirada nunca era fija, sino que lanzaba miradas alrededor de la oficina, como si temiera perderse de algún evento trascendental.

"¿Es usted Ardeva Korrell?" preguntó al tiempo que ambos estrechaban sus manos.

"Correcto."

"No hay muchos capitanes del sexo femenino, ¿no es así?" Su discurso era tan rápido como desafiante. Dev no podía decidir si su trato era bueno o malo.

"Había otra además de mi en mi clase de graduación, de ciento diez personas," respondió formalmente. "A pesar de ello, hay incluso menos enanos pelirrojos y zurdos en la profesión."

"Me lo imagino. ¿De dónde proviene?"

"Soy de Eos."

Larramac levantó una ceja pero no dijo nada, un gesto que imposibilitaba a Dev interpretar sus pensamientos. "Y usted desea ser capitana de astronave."

"*Soy* una capitana. Mis credenciales y licencias están todas en orden. Lo que busco es una nave."

Larramac negó con la cabeza. "Mi problema es que tengo una nave y por el momento no tengo capitán. ¿Hace usted muchas preguntas?"

"¿En qué manera?"

"¿Debe usted saber todo lo que sucede a bordo de su nave?"

"Es el deber de un capitán saber todo lo que está sucediendo—"

"Despedí a mi anterior capitán por ser demasiado curioso."

"—Pero hay algunas cosas que no es tan importante conocer como otras," alcanzó a decir Dev oportunamente. A veces, las preferencias personales deben ceder ante el ímpetu de la necesidad, después de todo. "Mi trabajo principal sería llevar la nave con seguridad de un puerto a otro. Todo lo que corresponda a eso es mi responsabilidad, desde el mantenimiento hasta la astrogación. Otros asuntos podrían ser circundantes a la marcha de la nave, y sobre esos puedo ir con más delicadeza."

Larramac rumió durante un momento, acariciando su perilla. Alcanzó una pila de papeles y sacó una hoja que Dev reconoció como la planilla que ella había enviado la semana anterior. "De acuerdo con su currículo, ha tenido muchos empleos distintos. No ha permanecido con ninguna nave durante más de un año. ¿A qué se debe eso?"

Dev suspiró. Alguien siempre le hacía esta pregunta, aunque la respuesta parecía tan obvia. "Los prejuicios. A muchos hombres no les gusta trabajar bajo el mando de una capitana. A quienes no les importa eso, se sienten incómodos con el hecho de que soy eoana. Si verifica mis referencias, notará usted que mis empleadores por lo general me recomiendan altamente. Soy una buena capitana que ha sido víctima de las circunstancias."

"No pago mucho; no puedo permitírmelo. Seiscientos galacs mensuales, más beneficios de ley."

Para una capitana con su entrenamiento y experiencia, esa suma era irrisoria; desafortunadamente, su situación financiera no era graciosa. "Yo debería estar ganando fácilmente el doble de esa cantidad," dijo. "Pero supongo que el negocio está duro."

"Difícilmente puedo decir que me encuentro en la misma clasificación de Lenning TransSpacial o deVrie Shipping," admitió Larramac. "Voy a los pequeños planetas que ellos omiten, aquellos con los márgenes coste-beneficio más bajos. Tengo que lamer el tazón que me entregan, para decirlo de alguna manera. Salgo adelante y he podido crecer. La empresa ha crecido durante los últimos dos años, y no veo ninguna razón por la cual ese crecimiento no debería continuar. Me quedo con las personas si pueden hacer el trabajo, y soy bastante bueno con los ascensos. Si me agrada la manera como hace usted el primer viaje, podemos hablar sobre un aumento salarial."

Dev miró a su posible empleador. Parecía del tipo honesto; un poco muy sincero, un poco entregado al entusiasmo y al ímpetu, pero distante del peor de los jefes con quienes haya trabajado.

"Me he tomado la libertad," prosiguió Larramac, "de buscar su nombre en mi diagrama."

"¿Diagrama?"

"Sí, los patrones de letras, todos tienen significados, aunque los sepa o no. Usted tiene un buen nombre, se mezcla con todo lo demás."

"Estoy segura que mis padres se lo agradecerían; fue su elección," dijo secamente. Se preguntó sobre la cordura de una persona que diagramaría el nombre de una persona antes de decidir si contratarla o no. *Oh, bueno, cualquiera que lleve a su cargo Elliptic Enterprises debe tener algunas excentricidades.*

"Hay una cosa que me gustaría especificar," continuó ella. "¿Debo tener autoridad disciplinaria completa sobre mi equipo?"

"¿Por qué eso?"

"Por una cosa, es tradicional. Pero más que eso, el equipo debe saber que usted está detrás de mí en todos los asuntos. Como lo he dicho, a algunos hombres les molesta recibir órdenes de una mujer. A no ser que mi palabra sea la ley—ley ejecutiva—no puedo garantizar la marcha de la nave sin problemas."

"Suena razonable. Entonces ¿hacemos negocios?"

Dev negó con su cabeza. "Negocios. ¿Cuándo me necesita?"

"*Foxfire* debe partir dentro de dos semanas. Supongo que usted querrá venir y verla de primera mano antes de ese momento."

¿Sólo dos semanas para conocer una nave de carga de arriba a abajo? "Por Espacio, ¡sí! Mejor

comienzo mañana a adaptarme a ella, aprendiendo sus capacidades e idiosincrasias."

Larramac la miró con extrañeza. "Pensé que ustedes los eoanos no juraban por Espacio."

"Es un falso juicio popular. Es cierto que no estamos particularmente maravillados con los poderes místicos del universo; pero cuando hablo galingua tengo que arreglármelas con las frases para expresar mis pensamientos, incluyendo los clichés convencionales. La pureza ideológica no sustituye a la comprensión."

"Usted es una mujer extraña, capitana Korrell."

"Escogeré aceptar eso como un cumplido, Maestro Larramac." Sonrió. "Cualquier cosa que no sea un insulto directo es más fácil de aceptar como un cumplido."

"Insisto en que me llame Roscil."

"Y personalmente, prefiero que me llame Dev."

"Entonces Dev, eso es. ¿Le importaría almorzar conmigo?"

Dev dudó. Esa, aunque ella no lo había mencionado, era otra razón por la cual cambiaba de un empleo a otro—principalmente empleadores amorosos que creyeron que los deberes de una capitana eran tanto horizontales como verticales. Ella no era virgen, ni una puritana, pero aprendió, mediante una amarga experiencia, que el sexo frecuentemente perjudicaba las relaciones de negocios. Por otra parte, su situación financiera era tal que no podía negarse a aceptar una comida gratuita. La sinceridad de Larramac era refrescante, pero podría hacerse tan desagradable como el toqueteo de otra persona. *Supongo que tendré que investigar sobre él en algún momento,* pensó. *Puede ser tarde o temprano.* "Es una buena idea," le dijo.

Mientras luchaba a través de la lluvia daschamesa, Dev pensó afectuosamente sobre ese almuerzo. El impetuoso exterior de Larramac puede intimidar a la mayoría de las personas, pero ella vio más allá de eso. Larramac, un hombre solitario en su interior, prefería rechazar antes que ser rechazado. En ese momento, él no le dejó hablar, por lo cual ella se sintió agradecida. Se lo había permitido hace una semana, a lo cual ella pudo evadir hábilmente sin lastimarlo. Por lo tanto, quedaron establecidas las reglas del juego, las cuales él cortésmente guardó.

Por supuesto, había otras cosas por las que ella pudo haberlo estrangulado—tales como su insistencia en acompañarla en este primer viaje para "ver qué tan bien te desempeñas." A pesar de eso, ella estaba razonablemente satisfecha con él.

Las luces de otro bar daschamés parpadeaban tenuemente frente a ella, y ella volteó hacia el bar. Mientras se acercaba, pudo ver, de pie al lado del edificio, el carro que los daschameses le habían prestado a la nave—un indicativo bastante justo de que sus desobedientes tripulantes se encontraban allí. Aceleró el paso.

Ambos hombres eran fáciles de encontrar al momento en que ella entró en el bar—eran las únicas manchas de color en el lugar. Gros Dunnis, el ingeniero, era un hombre corpulento, de dos metros de alto y vestido con un uniforme espacial de colores verde oscuro y plata. Su cabello rojo y su barba toda roja estaban combinados, en ese momento, con su rostro completamente rojo que delataba su intoxicación. Dmitor Zhurat, el arreador de robots, era un hombre mucho más bajo y rechoncho—de hecho, era casi del mismo tamaño y figura de los nativos. Aún así, su uniforme rojo y azul sobresalía con facilidad entre los insípidos tonos tierra empleados en las ropas de los daschameses.

Zhurat fue el primero en verla. "Bien, no es esta nueshtra capitancita saliendo de su torre para unirshe a nosotros. Gros, tenemosh una distinguida visitante. Debemos demoshtrarle dignidad."

Dunnis, un ebrio más alegre, se dirigió a ella. "Hola, capitana, ¿le importaría tomarshe algo con nosotrosh?"

"Ustedes dos debían estar de vuelta en la nave hace dos horas y media," dijo Dev con ecuanimidad. "Creo que mejor deberían venir conmigo."

"Debemos habernos olvidado de la hora," dijo Zhurat en son de burla. "Pero venga a tomarse algo con nosotros y luego nos iremos."

"Ustedes saben que yo no bebo."

"Eso esh cierto. Usted es muy buena como para beber con nosotrosh, ¿No es así?"

"'La mente sana no requiere estímulos externos para relajarse,'" citó Dev.

"¿Usted me está llamando loco a mí?"

"Le estoy llamando borracho y desordenado. Sus salarios serán retenidos y se les asignarán labores de castigo. Les aconsejo que vengan pacíficamente, antes de que haya problemas." Abrió un poco sus pies en una postura de cuclillas, preparada para cualquier cosa.

En la esquina, el propietario mostró señales de agitación. Se mantuvo repitiendo algo una y otra vez. Sin quitarle los ojos de encima a Zhurat, Dev encendió el traductor de su casco una vez más. "... hay demasiada gente aquí, hay demasiada gente aquí hoy," estaba diciendo el cantinero.

"Mis amigos y yo nos iremos en un segundo," le dijo.

El propietario, a pesar de ello, estaba poco sosegado por su promesa. Aplaudió con ambas manos varias veces en lo que Dev llegó a entender que era un gesto daschamés de nerviosismo. "Los dioses se ofenderán, hay demasiada gente," dijo el propietario.

Dev lo ignoró y continuó hablándole a Zhurat. "Sólo se lo diré una vez más. Vámonos."

"Malditos eoanos malcriados," murmuró Zhurat. "Creen que son mejoresh que cualquierash..."

Dev se movió suavemente cruzando la sala y puso una de sus manos sobre el hombro de su subordinado. "Vamos, Zhurat, es hora de irnos. Estará mucho más cómodo de vuelta en la nave. No queremos ofender a los dioses de esta gente, ¿no?"

"¡Quítese de encima mío!" rugió Zhurat. Encogió su hombro para deshacerse de la mano de la capitana, pero sus dedos de aferraron, causándole dolor y no se quitaban. Miró hacia el rostro de Dev y le pareció tan firme como una estatua de mármol. Rápidamente miró de nueva hacia su vaso medio vacío.

"No querrá usted que alguien se enoje," repitió Dev en un tono suave pero firme, "ni los dioses, ni yo."

"¡Dioses!" resopló Zhurat. Se puso de pie y Dev

retiró su mano de su hombro. "No hay dioses." Él retrocedió su auricular para traducir, y repitió sus observaciones. "¡No hay dioses!" dijo en voz alta.

Se tambaleó hasta el centro de la habitación. "Son ovejas, todos ustedes," dijo. Dev asumió que el computador había traducido "ovejas" como una referencia local apropiada. "No tienen agallas, no se divierten, no tienen vidas. Viven en estas miserables chocitas porque temen tomar las riendas de sus propias vidas y crean a estos grandes dioses malvados como excusa para no tener que hacer nada. Todos ustedes son un fraude y sus dioses son los mayores fraudes."

La atmósfera en la habitación se tornó en un silencio sepulcral. Todos los ojos, tanto humanos como daschameses estaban puestos sobre Zhurat. El silencio era como aquel entre el último tictac de una bomba de tiempo y su explosión. Dev aclaró su garganta. "Creo que usted pudo haber herido sus sentimientos," dijo.

A pesar de ello, la observación sólo añadió leña al fuego. "Les mostraré," gritó. "Les mostraré todo." Y corrió repentinamente hacia afuera del bar.

"Vamos," dijo Dev a Dunnis. "Ayúdame a atraparlo antes de que se lastime." La lluvia caía con más fuerza cuando salieron a buscarlo, una lluvia fría y batiente que limitaba la visión y golpeaba en la cabeza. El ritmo de las gotas que caían era casi suficiente para ahogar sus pensamientos. Dev se sintió desorientada, y el brillo de su linterna sólo alcanzó unos pocos metros antes de que el manto de la oscuridad la absorbiese. Zhurat no se encontraba a la vista. Ella no tenía idea de la dirección que él tomó al irse, pero seguir hacia adelante en línea recta parecía la mejor opción. Tomó la mano de Dunnis y lo haló hacia ella como si fuera un niño pequeño.

Veinte metros más adelante, vieron a Zhurat de pie, solo, en un pequeño espacio despejado entre algunas chozas. "Vamos, bastardos," gritó. "¿Dónde están? ¡Déjenme ver el poder de los grandes dioses de Dascham!"

Dev notó que había ojos mirando a través de grietas en las chozas, probablemente observando con desconfianza a este extraño que retó a los dioses. ¿Era un valiente o un tonto? ¿O acaso él mismo era un dios, que podía hablar así?

"¡Los desafío!" gritó Zhurat. "Yo, Dmitor Zhurat, ¡yo reto a los dioses!"

Esa escena se quedó grabada para siempre en la memoria de Dev. Zhurat de pie a solas en el claro, con sus brazos extendidos hacia el cielo, ondeando sus puños cerrados en el aire. Luego una ensordecedora explosión y un rápido resplandor, de intensidad cegadora, hicieron que Dev y Dunnis cerraran sus ojos. Dev podría haber jurado que escuchó un sonido crepitante y... ¿eso fue un grito entre la torrencial lluvia? No podía decirlo con certeza.

Cuando Dev abrió sus ojos otra vez, Zhurat había desaparecido—sólo su uniforme yacía humeante sobre el piso entre una pila de ceniza que se desvanecía rápidamente.

CAPÍTULO 2

Puedes medir la inmadurez de una gente por el grosor de sus libros de leyes.
—Anthropos, *Cordura y Sociedad*

Dev y Dunnis permanecieron de pie bajo la lluvia, incapaces de moverse durante varios segundos. Sus ojos estaban fijos sobre los penosos restos de quien apenas hacía unos segundos antes, había sido su compañero tripulante. El aire se sintió cargado con electricidad y un tenue hedor flotaba hacia sus narices a pesar del aguacero—el desagradable aroma de carne quemada.

Lentamente, se dieron cuenta del movimiento a sus alrededores. Una multitud de nativos se encontraba reunida en la oscuridad de la noche daschamesa, emergiendo de sus chozas al final para ver las consecuencias de la increíble escena. Demasiado tímidos, sólo se acercaron a la periferia del círculo de luz arrojado por la linterna de Dev; todo lo que ella podía divisar eran las siluetas de sus cuerpos rechonchos. Se juntaron en un semicírculo detrás de ella y Dunnis y miraron los humeantes restos de Dmitor Zhurat. Los nativos se mecían hacia atrás y hacia adelante sobre sus pies, tan suavemente, todos a un mismo ritmo y el aire parecía sonar con el sonido de zumbido—o canto—de un gran número de gargantas úrsidas.

Dev cerró sus ojos y frotó su frente pensativamente con su mano izquierda. Se sintió mareada y con ligeras náuseas, y más que nunca deseó haber podido quedarse a bordo de la nave leyendo algún libro interesante.

Los deseos sólo son buenos en los cuentos de hadas, se dijo a sí misma acuciosamente. *Esta es la vida real, y tienes obligaciones que cumplir. Muévete, mujer.*

Estaba segura de que no habían pasado más de treinta segundos desde la muerte de Zhurat. Al abrir sus ojos nuevamente, se sacudió la parálisis de shock y comenzó a dar un paso hacia adelante cuando otro sonido llegó a sus oídos. Primero, era apenas audible entre el canto de la multitud a su alrededor y la penetrante caída de la lluvia sobre el suelo charcoso, pero rápidamente su fuerza creció hasta que el aire reverberaba con su volumen. Era un zumbido que era más que ruido blanco; más bien era el preludio hacia otro sonido que seguiría en el debido curso.

Había una luz que acompañaba al zumbido, suavizando la oscuridad de la noche daschamesa. Venía desde arriba y se hacía más brillante con cada segundo que pasaba. Algún objeto brillante descendía desde el cielo—un descender lento y ordenado, diseñado para impresionar a la audiencia con su estaticidad. Mientras el objeto bajó lo suficiente como para ver a través del fuerte aguacero, Dev descubrió que debía proteger sus ojos el brillo total de la criatura ante ella.

Su figura se parecía a la de los nativos del planeta, con dos brazos y dos piernas, así como un cuerpo redondo y felpudo, con nariz en forma de hocico. Pero sobre su espalda, había un enorme conjunto de alas, que se movían suavemente mientras la criatura flotaba en el aire frente a la multitud. Si bien tenía más de dos veces el tamaño de cualquiera de los nativos, Dev calculó su estatura en tres metros y medio, quizás cuatro metros, cuyas alas al abrirse por completo eran de un ancho de cinco metros o más. La criatura emanaba un fresco brillo azul blanquecino que iluminaba el área en un radio de dos docenas de metros y en una de sus manos sostenía una espada larga con un brillante fulgor dorado propio. Los profundos ojos de la criatura brillaban en un color rojo, como dos carbones calientes entre una chimenea oscurecida.

Un Oso de Peluche Vengador, fue la primera reacción de Dev, pero el humor estaba seco adentro de su mente. El flotar en el aire a diez metros de distancia y a cinco metros por encima del suelo era más impresionante, y lejano a la idea de un adorable juguete. Dev se puso de pie con su mano reposando ligeramente sobre su pecho—a un par de centímetros a distancia de la empuñadura de su pistola láser—y esperó para ver qué sucedería a continuación.

El resplandor hacía girar su cabeza de manera que su mirada se deslizaba sobre toda la muchedumbre que se encontraba en la lluvia frente a él. Finalmente, abrió su boca para hablar. Dev ya tenía su casco listo para traducir.

"Los dioses son omnipotentes," gruñó la criatura.

Un coro de gruñidos en respuesta emergió desde la multitud de daschameses. El computador de Dev tradujo los gruñidos como una ronda de 'Amenes.'

"Los dioses están en todos lados," dijo la brillante criatura, y la multitud respondió con otro coro de 'Amenes.'

"Los dioses son buenos," dijo la figura, y la respuesta de la multitud fue la misma. Dev decidió decir un 'Amén' ella misma, como buena medida.

Al terminar la letanía, la brillante criatura comenzó su discurso. "Los dioses tienen el poder de la vida y la muerte sobre todos los que moran en Dascham," dijo. "Los dioses hacen que la cacería sea buena y la cosecha sea rica, según su elección. O, como castigo, pueden dañar los cultivos y regar plagas a través de los bosques. Como está escrito en los antiguos pactos, los dioses son los maestros supremos de Dascham y de todos los seres sobre él, y de todo lo que allí existe."

"Amén," dijo la multitud y posteriormente, Dev. Dunnis le asestó una extraña mirada con el rabillo de su ojo, pero no dijo nada.

"El poder de los dioses es absoluto," continuó la gigantesca criatura. "Los dioses todo lo saben. No hay escapatoria de su conocimiento y de la justicia que imparten. Nadie puede oponerse a sus benévolas normas. Recuerden, todos ustedes, la Hora de la Incineración y sepan qué retribuciones pueden causar los dioses por rebelarse contra su régimen."

La criatura se quedó en silencio durante un segundo, y Dev casi murmuró un "Amén" una vez más, antes de darse cuenta de que nadie más iba a decirlo. Acalló la palabra antes de que escapara de sus labios y esperó en silencio junto a los demás a que el ángel decidiera hablar de nuevo.

"Cuando esos seres celestiales vinieron entre ustedes por primera vez, no nos opusimos a ellos. A pesar de que muchos de ustedes tenían miedo de que fuesen los demonios contra los que luchamos hace muchos años, los dioses sabían que ellos eran criaturas mortales como ustedes, capaces de actuar para mal o para bien. No nos opusimos cuando les trajeron comercio y bienes a cambio de sus minerales. Pero al traer también la herejía, los dioses deben actuar para defender el mundo que legítimamente les pertenece."

La criatura terminó ese discurso con sus ojos directamente enfocados sobre Dev, en conocimiento de su posición como capitana y responsable por el comportamiento de los humanos. Supo que se esperaba alguna reacción de su parte; el destino de la misión comercial del *Foxfire* podía aquí estar pendiendo de un hilo. Enmascarando sus emociones para prevenir que cualquier indicio de nerviosismo se notara en su voz, dio un paso hacia adelante y se dirigió al mensajero divino.

"Oh, ser bendito, escúcheme," dijo. Su voz tomó los tonos cuidadosamente modulados que generalmente empleaba en las emergencias de la sala de control. No había señal de sarcasmo o irreverencia en su discurso. "Los seres humanos somos individuos, como los daschameses. El individuo llamado Zhurat era un perpetuo irrespetuoso hacia las autoridades. Se encontraba tan ebrio esta noche, como seguramente ya lo sabe. En su omnisapiente conocimiento, sabe que intenté disuadirlo de estas acciones irritantes y heréticas; es mi falta y me avergüenzo de no haber tenido éxito. Lidiaron con Zhurat según sus normas y costumbres, como es su derecho. De hecho, los dioses son los maestros de Dascham, y pueden tratar con los transgresores según les parezca justo. Pero los dioses de Dascham son reconocidos a lo largo de la galaxia por la rectitud de su justicia; pido a esa justicia no condenar a todos los humanos por las transgresiones de uno como Zhurat."

Esa última parte era una mentira descarada. Al menos el noventa y nueve por ciento de la raza humana jamás había escuchado hablar sobre Dascham; y entre la distinguida minoría que había escuchado sobre ese planeta, consideraban que sus dioses eran parte de un pintoresco folclor. Pero de acuerdo a las lecturas extensas de Dev acerca de religiones, ella tenía conocimiento de que todos los dioses tenían un trato en común: eran inmensamente susceptibles a las adulaciones. Con una situación tan crítica, ciertamente no haría daño el jugar con los egos de las deidades de Dascham.

Al terminar de hablar, dio un paso hacia atrás e inclinó humildemente su cabeza en espera de la respuesta del ángel. La fulgurante criatura pareció considerar sus palabras durante medio minuto antes de hablar nuevamente. "Los dioses son justos," anunció a un apasionado coro de 'Amenes.' "Han decidido que Zhurat actuó solo en su atento de impartir la herejía entre los verdaderos creyentes. Fue castigado en una forma justa, para mostrarle a quienes tienen dudas, el poder de los dioses. Una muerte rápida debe ser el final de todos los que se opongan a los dioses."

Más 'Amenes.'

"Los otros humanos parecen inocentes de esta mancha de herejía. Los dioses han ordenado que ellos vivan y continúen con su misión comercial como antes—pero la muerte de un tripulante les servirá como ejemplo. Todo aquél que se oponga a los dioses, morirá."

En este momento, Dev, quien ahora conocía bien el sistema, condujo el canto de "Amén" de los espectadores.

"Grandes son los dioses, porque de ellos es el poder y la gloria eternos."

"¡AMÉN!"

Con este último pronunciamiento, el Oso de Peluche Vengador se levantó serenamente hacia el cielo una vez más, moviendo sus alas como si nada. Su espada brillaba con un fulgor dorado mientras ondeaba su hoja casi de una manera amenazadora. Dev no podía inclinar su cabeza hacia abajo demasiado lejos para mirarlo subir porque el torrencial aguacero entraba en sus ojos. En lugar de eso, miró hacia donde habían estado las cenizas de Zhurat. El uniforme carbonizado, ahora enterrado en el fango, hizo imposible diferenciar entre los restos de su tripulante y el barro natural de Dascham.

Moviendo suavemente su cabeza, se perdió de vista. *Seguramente tienen un infierno de película,* pensó—pero teniendo cuidado de no expresar ese sentimiento en voz alta.

Dev y Dunnis rodaron de vuelta al *Foxfire* en el pequeño carruaje que los nativos les dieron. El *daryek* que lo tiraba era una bestia de aspecto viejo y enfermizo, probablemente la única a la que los habitantes de la localidad pudieron comprar. El animal, quien no estaba contento con la idea de estar obligado a trabajar de noche, mostró su resentimiento tirando lentamente a un paso apenas más rápido que el que los humanos podían llevar a pie. El carruaje retumbaba y se sacudía a través de las irregularidades del camino en una forma que parecía haber sido planificada para producir los peores moretones en los traseros de los pasajeros. Aún así, Dev recordaba lo desagradable que fue su camino hacia el pueblo por este mismo camino y decidió que prefería estas humillaciones—a duras penas.

Ambas personas permanecieron en silencio durante la mitad del camino, contemplando todo lo que habían visto. Finalmente, Dunnis exhaló un largo suspiro. "Eso fue terrorífico," dijo. Toda señal de ebriedad había desaparecido de su voz; la muerte de Zhurat lo puso en sobriedad rápidamente.

Dev sonrió levemente. "No puedo discutir contra eso."

"¿Qué supone usted que sucedió allí, de todos modos?"

"Los dioses hirieron a Zhurat por su blasfemia y un ángel descendió y nos dijo que no pecáramos más."

Dunnis la miró con extrañeza. "¿De verdad cree

en toda esa palabrería?"

"Es así como me pareció que era. Estoy abierta a mejores explicaciones, si las tiene."

"Pensé que ustedes los eoanos no creían en nada además de ustedes mismos."

"¿Está intentando decirme en qué creo?" Dev fue muy cuidadosa al decir eso. Sería demasiado fácil interpretar su observación como un sarcasmo. En su lugar, se aseguró de doblar las puntas de su lengua en una mueca severa pero cálida, de manera que el ingeniero pudiese ver que no había ninguna hostil defensa tras su observación.

El gran pelirrojo se rindió. "Francamente, capitana, no sé qué pensar. Seguramente usted estuvo haciendo reverencias y diciendo amenes por todo el lugar frente a ese… ese…."

"'Ángel' creo que sería un buen término. Y yo no hice ni una sola reverencia—aunque si todos los demás a mi alrededor lo hubiesen estado haciendo, yo lo hubiese hecho. La cortesía y las buenas maneras siempre te harán ganar puntos, siempre y cuando sean aplicadas correctamente."

"Pero se entregó tan fácilmente a esa cosa, prácticamente chupándole el culo para pedir perdón —"

"Mis padres no me criaron para ser un pararrayos," dijo Dev con simpleza.

"Si, pero… bueno, si son dioses, ¿por qué sólo están aquí en este atrasado planeta? ¿Por qué no están en el espacio o en otros mundos?"

"Yo no puedo responder eso. Simplemente no tengo suficiente información. Ciertamente no parece que estuvieran en el espacio, y sé que no están en

Eos. Si así fuese, toda la población habría sido incinerada hace mucho tiempo. Pero se me ha dicho que los dioses trabajan de maneras misteriosas. Este es un universo enorme y variado; todo es posible."

"Pero—"

"Escuche, hace mucho tiempo, una vez un poeta llamado Alexander Pope escribió, 'Una verdad está clara: cualquiera que sea, es correcta.' Eso, finalmente, es lo que yo creo. Lo que sea cierto para el resto del universo no tiene importancia aquí; lo que sea cierto en Dascham es que hay dioses que tienen magníficos poderes. Mientras estoy aquí, intento tomar en cuenta ese hecho antes de hacer o decir cualquier cosa. Le aconsejo que haga lo mismo —los dioses saben todo lo que se hace y pueden escuchar todo lo que se dice en este mundo."

"Pero estamos hablando galingua ahora; seguramente ellos no entienden ese idioma."

"No los subestime. Ya he perdido a uno de mis tripulantes, no puedo permitirme perder otro." Y con eso terminó de hablar. Dunnis, comprendiendo que ella no tenía intenciones de hablar más, se sentó taciturno a su lado e intentó acompañarle a través de la lluvia y la oscuridad mientras su *daryek* caminaba lenta y pesadamente.

Fue cuestión de suerte el hecho que Dev había encendido algunas luces externas al dejar la nave, de lo contrario, podrían haber ido más allá de su destino, más allá de los bosques, en la penumbra. La *Foxfire* era pequeña para ser una nave de carga— siendo una bala de apenas treinta metros de altura y doce de diámetro en su base—aunque aquí en Dascham se veía gigantesca. Aunque es grande en comparación con las construcciones a pequeña escala de este mundo, podría ser completamente engullida por la total oscuridad de la noche daschamesa.

Dev ató al cansado *daryek* a una aleta estabilizadora de la nave, para eliminar la posibilidad de que la patética criatura intentase escapar durante el resto de la noche. Luego, tomando el empapado uniforme espacial que era todo lo que quedaba de Zhurat, siguió a Dunnis subiendo la escalera y entró en la compuerta de aire. Una vez adentro, continuó subiendo todo el camino hacia la nariz de la nave, moviéndose silenciosamente para que el ingeniero la siga. Pasaron el área de alojamiento y en su lugar, fueron a la sala de control, donde Dev caminó decididamente hacia la consola del capitán y activó un par de interruptores. Suspiró levemente y cerró sus ojos. "Creo que estaremos bien ahora."

Dunnis la había observado con creciente curiosidad. Por sus acciones, ella había encendido las pantallas deflectoras alrededor de la nave. "¿Le preocupaba que los meteoritos pudieran golpearnos aquí?" preguntó.

"No, sino que el campo de las pantallas debe ser suficiente para atajar cualquier transmisión de baja intensidad proveniente desde el exterior de la nave. Ahora podremos hablar libremente."

"¿Sobre qué?"

"Sobre los dioses. No se equivocó al pensar que yo no creía en ningún ser sobrenatural. Pero lo más importante es que alguien—o algún grupo de alguienes—ha armado un teatro aquí, y son bastante poderosos."

"Pero ¿qué relación tiene con las pantallas...?"

"Comencemos por el principio," dijo Dev. "Asuma que esos dioses son mortales como nosotros y que son tecnológicamente más avanzados que los demás nativos. Para una raza tan primitiva como la daschamesa, las maravillas de la ciencia serían vistas como magia, y pudieran ser vendidas por cualquiera que desee esforzarse para hacerlas. Por ejemplo, los dioses dicen ser capaces de escuchar todo lo que sucede en todo el mundo. Usted es un ingeniero, ¿cómo manejaría eso?"

"Micrófonos y transmisores," dijo lentamente el hombre grande. "Existen dispositivos en forma de insecto, tan pequeños que los nativos nunca se darían cuenta de su función."

"Exacto."

"Pero hacer eso a lo largo y ancho del planeta—"

"Olvide eso por ahora. Asuma que hay una cuenta ilimitada para los gastos y hable de posibilidades tecnológicas."

Dunnis hizo una mueca. "Sí, es posible—pero coordinar todas las conversaciones espontáneas debe ser muy difícil."

"Sabemos que pueden escuchar lo que se dice porque obviamente escucharon a Zhurat," continuó Dev, ignorando el comentario de Dunnis. "Por lo tanto debemos asumir la posibilidad de que nuestras conversaciones estén siendo monitoreadas. ¿Por qué cree que yo era tan cuidadosa con lo que decía de regreso aquí? Aún no nos encontrábamos fuera de peligro y usted aún quería continuar metiéndonos en él. Hasta que podamos hablar con seguridad, no quería decir cualquier cosa que me haga candidata para su práctica de puntería etérea."

Dunnis miró al panel de control, donde la luz azul de las pantallas deflectoras brillaba frescamente. "¿Y cree usted que tienen algunos de sus bichos aquí? ¿Cómo?"

"No puedo ser certera, pero hemos llevado una gran cantidad de carga la semana pasada. Algunos de los diablillos pudieron haberse colado por allí y haberse esparcido por la nave, por ahora. Pero si fuesen tan pequeños, no podrían transmitir con mucha intensidad, y las pantallas deflectoras deberían hacer suficiente interferencia para bloquearlos."

"¿Qué hay de ese ángel? ¿Cómo lo explica?"

"Era un robot," dijo Dev, sentándose en su sillón de aceleración y tocando ociosamente el uniforme de Zhurat. "Debió haberlo sido, para brillar así. Me han dicho que algunos peces en las profundidades del océano tienen su propia fosforescencia natural, pero es una adaptación a su medio ambiente. Este ángel no la necesitaba—ni tampoco necesitaba sus alas."

"Entonces, ¿cómo volaba?"

"De la misma manera como el *Foxfire* lo hace—impulso gravitacional. ¿No se dio cuenta de cómo permaneció lo suficientemente alto y distante de cualquier persona, para evitar matarnos a todos con su estela? Cuando aleteaba, sus movimientos no eran lo suficiente rápidos o fuertes para llevar algo tan grande al cielo. Luego planeó durante un largo tiempo sin aletear en lo absoluto. Con el equipo adecuado, posiblemente usted pueda construir uno para usted en un par de días."

El ingeniero negó con su cabeza. "Sí, ahora que lo explica todo suena tan simple. Pero aún así no puedo pasar sobre el alcance de la operación."

"Cuando se desea controlar un planeta, se debe pensar en grande," Dev señaló.

"Eso supongo," admitió Dunnis. "Bien, ¿qué vamos a hacer al respecto?"

"Nuestra primera instrucción para los negocios será limpiar nuestra nave—asumiendo que esté llena de bichos, en primer lugar. Dejar los escudos antimeteoros encendidos durante todo el tiempo es un gran derroche de energía. ¿Hay alguna manera en que pueda usted fabricar un detector para encontrar los transmisores?"

"¿Ahora, capitana? No he dormido nada desde la noche anterior—"

"Tampoco yo. Como recuerdo, el hecho de que usted y Zhurat se hayan quedado afuera durante más tiempo del que debían, ha sido lo que inició esta cadena de eventos. Me estaba preguntando sanción sería adecuada—posiblemente una pérdida adicional de sueño sería apropiada."

No agregó que, para asegurarse de él no arruinase el trabajo, ella también tendría que perder horas de sueño—sin haber hecho nada que le hiciera merecer un castigo. *La responsabilidad viene con la autoridad,* se recordó a sí misma. *Por eso eres una capitana y él es sólo un ingeniero.*

Dunnis sacudió su cabeza. "Aún si yo no estuviese cansado, sería horriblemente difícil detectarlos. No tengo la más remota idea de cuál es la frecuencia en la cual transmiten, o la intensidad de su señal. Tomaría una eternidad."

Dev pensó acerca de eso. "Entonces tendríamos que encontrar una primero y examinarlo. Eso debería darnos suficientes pistas para construir algo." Se puso de pie. "La bodega de carga es el lugar más lógico para comenzar nuestra búsqueda. Vamos."

Notoriamente, Dunnis se sentía infeliz por tener que trabajar cuando estaba tan cansado, pero también estaba claro que respetaba la autoridad de Dev. Al menos ella había establecido eso durante las seis semanas que llevaba con la nave a su cargo. Zhurat había sido el único que la despreciaba—y ahora ella ya no tendría ese problema de nuevo, aunque su pérdida significaba más trabajo para todos, inclusive ella misma, al menos podía darle las gracias a los dioses de Dascham por ese pequeño favor.

Los incómodos camarotes del equipo estaban cerca de la sala de control. Roscil Larramac dormía detrás de una de esas puertas cerradas, y Lian Bakori, el astrogador de la nave, estaría en la otra habitación. El complemento restante del *Foxfire* consistía en robots, que habían estado bajo la responsabilidad de Zhurat; habían sido apagados durante la noche y estaban almacenados en una habitación especial, justamente delante de la bodega. Una nave de este tamaño realmente debería tener al menos el doble de esta tripulación, pero Roscil Larramac recortó los gastos a modo de poder tener gananciales; Dev había discutido con él para incrementar el número de tripulantes, por lo menos una o dos personas más, pero él se había rehusado.

Ahora, en su primera parada planetaria, ya se encontraban cortos de manos.

"No disfrutes al señalar a los demás cuando eres ti quien tiene razón," citó a un escritor del siglo veintidós llamado Mellers, "a menos que ellos disfruten al señalarte cuando tú estés equivocada." No obstante, le hubiese gustado haber tenido esos compañeros extra.

Inmediatamente atrás de los camarotes se encontraban las áreas comunes, que incluían cocina, capilla, lavandería, muelle de salvavidas, reciclador y sala de recreación. Después, la sala de almacenaje de robots y finalmente la bodega de carga, con los motores hacia el final de la nave. La distribución era estándar para la mayoría de las naves comerciales pequeñas. Aunque Dev sólo había estado a bordo durante dos meses, sentía como si hubiese vivido allí durante la mayor parte de su vida.

Mientras se acercaba a la bodega, Dev creyó haber escuchado un ruido proveniente del otro lado de la puerta. De inmediato miró a Dunnis y el gran hombre hizo un gesto indicando que también lo había escuchado. Silenciosamente, ambos bajaron hacia la escotilla de la bodega. Dev retiró su arma láser de su cinturón, preparándola para disparar, incitando a Dunnis a hacer lo mismo. Cuando ambos estuvieron listos, presionó el botón que hacía que se abriera la escotilla.

La bodega estaba oscura por dentro, la única luz se filtraba a través del corredor donde se encontraban. Nada se movía, nada parecía estar fuera de lugar, pero Dev no se bajó la guardia. Al llegar al próximo botón, encendió las luces adentro de la bodega.

Allí—tras una fila de cajas cubiertas—vio que algo se movió, de eso estaba segura. Se lanzó cuidadosamente a través de un agujero en la pared, aterrizó con las rodillas flexionadas y miró en dirección al ruido. Encima de las cajas, sólo pudo ver un techo de pelaje marrón.

Había un polizón a bordo del *Foxfire*.

CAPÍTULO 3

La más alta moral hace una reverencia
por un simple respeto hacia los demás.
—Anthropos, *La Bondad del Hombre*

Dev se puso de pie, ligeramente agachada, con el arma en su mano y corrió rápidamente hacia su lista de alternativas. Estaría entre sus derechos, como capitana de esta nave, abrir fuego de inmediato contra el intruso—pero ese curso de acción sería una estupidez bajo estas circunstancias. Los rayos láser de su arma podrían dañar parte de la mercancía que se encontraba estibada hacia arriba y que la rodeaba por completo; y de todos modos, los nativos no podrían tener armas muy potentes, ya que su tecnología no se extendía mucho más allá de cuchillos y lanzas.

Por su cabeza se cruzó el pensamiento de que este no podría ser un nativo ordinario y su aparición aquí podría tener alguna conexión con los eventos acaecidos más temprano. Posiblemente, era algún espía de los dioses, que vino a observarlos personalmente. Pero hace apenas un momento, ella había afirmado que los dioses eran seres con una elevada experiencia tecnológica; enviar a un nativo para espiarlos no sería algo propio de esos personajes. Por ahora, Dev tachó esa posibilidad, aunque mantuvo su arma preparada. Era su política personal que al negociar con cualquier otro ser pensante, debía usar la coacción física sólo como un último recurso.

"Dunnis," llamó al ingeniero en voz baja, quien continuaba en el corredor sobre ella, mirando con preocupación hacia la bodega. "Despierte a Larramac y a Bakori. Dígales que tenemos un polizón en la bodega y tráigalos aquí. Puedo requerir de su ayuda."

El gran hombre dudó dejarla sola. "¿Está segura que estará bien? Una mujer sola con un intruso desconocido—"

Ten paciencia con las buenas intenciones, dijo para sí con firmeza. *Con frecuencia, no pueden evitarlo.* "Vaya. Ahora. Es una orden."

Dunnis obedeció.

Dev volcó toda su atención sobre el nativo. No se había movido de su posición inicial tras un lote de cajas. Ya que la criatura debía saber que Dev había ingresado a la bodega, al parecer no se encontraba segura de haber sido vista y no quería hacer ningún otro movimiento. Además, debía usar el silencio para escuchar cualquier sonido que le indicara movimiento en dirección a ella.

Manteniendo el arma lista para disparar, Dev encendió el casco traductor que aún tenía puesto. "Quienquiera que seas, sé que estás aquí," dijo en un tono tranquilo y calmado. "Mi nombre es Ardeva Korrell y soy la capitana de esta nave. ¿Cuál es su nombre?"

El interlocutor seguí sin moverse. Posiblemente haya pensado que Dev estaba fingiendo, o probablemente tenía mucho miedo. Tuvo que disipar cualquier temor que pudiera tener.

"Quiero decir que no tiene malas intenciones," prosiguió. "Sólo quiero saber por qué decidió ocultarse a bordo de mi nave. Sé exactamente dónde se encuentra, pero le prometo que no me acercaré hasta que hablemos. Si no me perjudica ni a mi equipo, ni a mi nave, le garantizo que no lo lastimaré."

La alfombra de pelaje que originalmente había visto, se perdió de su vista mientras el nativo se agachó aún más debajo tras las cajas.

"Por favor, no intente esconderse; eso no le hará ningún bien. Esta es una nave pequeña, y hay pocos lugares adonde pueda usted ir antes de que lo encontremos. Imagino que este es un lugar extraño y atemorizante para ti, y soy una criatura desconocida y repulsiva, proveniente de las estrellas. A pesar de ello, he negociado justamente con su gente durante los dos días que he estado aquí en su pueblo. Todo lo que le pido es saber por qué has venido."

Su voz hizo un eco a través de la bodega grande, pero el silencio regresó mientras las últimas partes de sus palabras se desvanecían. Miró la cámara buscando un punto táctico, preguntándose exactamente qué hacer en caso de hacerse necesaria la acción. La bodega no estaba aclimatada; las frías paredes de metal al parecer multiplicaban el clima frío y húmedo del exterior y producían un escalofrío que la hizo temblar aún a pesar de que el material de su uniforme espacial mantenía su cuerpo a una temperatura adecuada.

Cajas y cajones de diferentes tamaños estaban apiladas muy cerca entre sí, por la necesidad de acomodar un gran número en un pequeño volumen; los pasillos entre las pilas de contenedores necesariamente eran estrechas y no eran apropiadas para realizar frenéticas cacerías. Ella esperaba que eso no fuera necesario.

El nativo continuaba sin hacer ningún movimiento para mostrarse. *Piensa,* se dijo a sí misma. *Intenta razonar con la psicología de estas personas. Sabes lo suficiente sobre ellos para hacer una suposición educada.* "Mi paciencia es genial, más no es ilimitada," dijo finalmente. "Estoy comenzando a sentirme un poco cansada del monólogo. Si no me respondes pronto, me veré obligada a tomar acciones más drásticas."

Entonces, la inspiración le golpeó. "Y después de atraparte, te lanzaremos de la nave a la misericordia de los dioses."

Esa última amenaza dio en el clavo. Escuchó un sonido que su computadora no logró traducir; parecía más bien un suspiro involuntario que su habla. Pero al menos fue una reacción. Se encontraba en el laso correcto.

"No quiero hacer eso," continuó. "No me fuerces a hacerlo. Háblame. Ahora."

Una voz baja y dubitativa emitió un gruñido desde atrás de las cajas. "¿Me... me promete que no me sacará de aquí?" tradujeron los audífonos.

"No puedo prometer nada, no hasta que yo sepa por qué estás aquí y cuáles son tus intenciones. Cuéntame tu historia y permíteme decidir por mí misma."

"No la puedo contar. Los dioses me matarían."

Un fugitivo. En lugar de ser un espía para los dioses, este nativo estaba huyendo de ellos. O parecía agresivo ni hostil, a pesar de ello; Dev supo que este delito era más de naturaleza herética.

"Estás seguro aquí. Los dioses no pueden escucharte mientras estés adentro de la nave." Se arriesgó lo suficiente como para dar un paso hacia el nativo y no se alejó. "Dime por qué estás aquí y veré qué puedo hacer para ayudarte."

El nativo se enderezó lentamente y la miró. La expresión de su úrsido rostro era imposible de leer, pero Dev se permitió imaginarse que se veía triste y suplicante.

Justamente una voz salió desde la escotilla sobre ella. "No te preocupes, Dev, vamos en camino. Lo atraparemos." Hubo un ligero traqueteo y un resonante ruido sordo al tiempo que la alta figura de Roscil Larramac bajó al piso al lado de ella. "¿Dónde está?" preguntó. Sus palabras viajaron en voz alta a través de la bodega.

El nativo, quien apenas comenzaba a creer en la tranquilidad y los tonos razonables de Dev, entró en pánico. Amoldándose como mejor podía entre el estrecho pasadizo entre ambas filas de cajas, el polizón corrió en dirección opuesta, hacia la pared más retirada de la bodega. Dev supo que el polizón se sintió engañado.

Dev se dio la vuelta hacia su jefe, sin ni siquiera

preocuparse por mantener su temperamento bajo control. "Maldición, ¿por qué tenía que hacer eso? Tenía todo listo para lograr que se rindiera. Sudé sangre intentando razonar con él, y apenas estaba comenzando a creerme cuando usted se lanzó desde el techo como toda una manada de cuadrodontes en celo. Ahora está completamente asustado de nuevo, doblemente asustado, y todos tendríamos que sacarlo de aquí. ¿Exactamente en qué lugar del espacio cree que estamos?"

Larramac se mantuvo en su lugar. Dado que es un hombre de negocios, tenía años de experiencia en discusiones de negocios. Su técnica para lidiar con confrontaciones consistía en dar una respuesta. "Pensé que la estaba rescatando. Creí que usted estaba en problemas. Debí saber que una eoana sería muy orgullosa para admitir que necesita ayuda."

Esa ráfaga de rabia sacó las frustraciones de Dev. Se sintió culpable por lo que había demostrado, pero sólo un poco. Incluso los eoanos reconocían el efecto catártico de los estallidos emocionales. "Las emociones violentas pueden limpiar el alma," había dicho Anthropos. "Como las drogas, deben usarse de manera terapéutica—más debe evitarse la adicción."

Al estar más calmada, miró a su empleador con una mirada que indicaba calma. "Podríamos seguir culpándonos uno a otro durante toda la noche, pero nuestra preocupación principal por ahora es atrapar al polizón. Al parecer, es un fugitivo; sospecho que hizo algo que ofendió a los dioses locales y quiere ocultarse aquí. Probablemente tenga tanto miedo a nosotros como a los dioses. No creo que pueda estar armado con algo más terrible que un cuchillo, pero una persona que se ve amenazada siempre es peligrosa."

Por la expresión sorprendida en el rostro de Larramac, Dev decidió que se encontraba listo para una batalla de gritos. "¿Qué sugiere que hagamos?"

"Estamos tan atados de manos como él; no quiero poner en riesgo a ninguno de nosotros para capturar a nuestro visitante. Además, probablemente cuatro personas no sean suficientes para hacer el trabajo—y no tan asustados como la criatura en este momento. Creo que mejor dejamos que los robots lo busquen."

"¿Cuatro personas?" Larramac parpadeó y miró a su alrededor. "¿Dónde está Zhurat?"

"Es una espeluznante y larga historia de terror." Dev caminó hacia la escalera y subió hacia la sala de almacenamiento de robots. Después de abrir la puerta comenzó a reactivar los robots e indicarles qué hacer. "El nativo deben ser capturado vivo y sin armas," insistió. "Sean gentiles pero firmes. Está atemorizado, pero su cuchillo no debe ser una gran amenaza para ustedes."

La compañía del *Foxfire* contenía veinte robots de tipo pesado. Eran cilindros altos y esbeltos, pesando algo más de unos cien kilos cada uno y con formas físicas vagamente humanoides, pero con mayor fuerza y resistencia. Los robots tenían inteligencia limitada, por lo que requerían de un supervisor; pero las órdenes de Dev—capturar al intruso alienígena—habían sido dadas de la manera más sencilla posible.

Dev desplegó sus tropas mecanizadas enviando grupos de cuatro por cada pasillo hacia el lado más retirado de la bodega. Los robots se movían lentamente y con mucha precaución; el hecho de verlos traía a la mente de Dev monjes medievales caminando al ritmo de cantos gregorianos. Sintió una punzada de lástima por el pobre nativo atemorizado, quien vería acercarse a él a estas amenazantes criaturas, pero no había otra forma. El intruso debía ser capturado tan pronto como fuese posible de una manera segura.

Mientras los robots se acercaban sin tregua hacia su objetivo, Dev le contó a Larramac y a Bakori sobre los eventos que sucedieron anteriormente esa noche en el pueblo. Ambos hombres estaban aturdidos al saber sobre la muerte de Zhurat causada por un rayo divino, además del discurso del ángel. Sin profundizar demasiado sobre sus suposiciones sobre la naturaleza de los dioses, Dev les contó que encender los escudos meteoroides haría que sus conversaciones adentro de la nave fuesen seguras.

Los robots se acercaban al nativo al final de la bodega. Este ser, similar a un osito, se encontraba atrapado pero se negaba a rendirse ante los abrumadores extraños. Al darse cuenta de que su cuchillo podría ser inútil contra las grandes máquinas, miró a su alrededor buscando otra arma para usar. Desesperado, tomó una gran caja entre sus manos y la arrojó contra el robot más cercano. La máquina levantó uno de sus brazos para defenderse y fácilmente esquivó al misil. La caja se estrelló contra una pila de cajas, las cuales cayeron en la fila siguiente, interponiéndose en el camino de los demás robots, causándoles demora en su persecución y regando sus contenidos por el piso.

Mientras los robots se detuvieron para recoger la mercancía y abrirse paso entre las cajas caídas, el polizón vio una apertura temporal. Moviéndose con una velocidad casi inconsistente con su cuerpo rechoncho, el nativo se arrojó entre el grupo de robots en un pasillo y se evadió bajo sus brazos que se sacudían ferozmente. Se puso tras las máquinas que habían intentado capturarlo, haciendo una loca carrera por la libertad—aunque era un misterio para Dev hacia dónde esperaba ir.

Por el momento, a pesar de ello, fue directamente hacia su ingeniero. "¡Dunnis!" gritó ella —innecesariamente. El gran hombre ya había visto venir al nativo.

Dunnis sólo tenía que dar tres pasos hacia su derecha para estar en posición de interceptar al alienígena. Mientras la peluda criatura corría hacia él, el pelirrojo ingeniero se agachó y abrió sus brazos para atrapar al fugitivo. El daschamés tenía tantas ganas de escapar de los robots que ni siquiera notó la presencia del humano hasta estar a unos cuatro metros de distancia, ya para ese momento, era demasiado tarde para fijarse en su avance. Los dos seres chocaron con un golpe discordante que Dev pudo sentir a mitad de la bodega.

El ingeniero cerró sus enormes brazos alrededor del nativo, quien luchó fieramente por liberarse. Los otros tres humanos corrieron para ayudar a Dunnis y Dev silbó para solicitar asistencia por parte de varios robots, los cuales se encontraban parados alrededor preguntándose qué hacer. Aunque el alienígena dio una buena pelea, fue reducido rápidamente y conferido a la custodia de dos robots.

"Llévenlo a la cabina de Zhurat y enciérrenlo. Luego permanezcan en guardia en ambos lados de la puerta para asegurarse de que no escape," le ordenó Dev a las máquinas. "Tenemos que arreglar este desorden antes de interrogarle."

Mientras los robots se movían para obedecer, miró a su alrededor el caos en la bodega. Varias docenas de cajas grandes habían sido arrojadas de sus pilas y estaban regadas sobre el suelo. Dev notó con interés que era una esta era una sección de la bodega que había sido un misterio para ella; Larramac se había negado a decirle qué había en esas cajas particulares y cuál planeta era su destino. Dev no había tocado el tema, consciente de la forma como su predecesor había perdido su trabajo; pero ahora sería imposible para su jefe evitar que ella descubra el secreto de su carga.

Al tiempo que caminaba hacia la mercancía derramada, tuvo que hacer un esfuerzo consciente para mantener su sorpresa bajo control. El piso estaba repleto de armas de todo tipo, desde pistolas láser, pasando por rifles, granadas, armas automáticas que pudieran arrasar pueblos—equipo lo suficientemente letal para surtir a una pequeña armada. Y eso estaba sólo en las cajas que se habían abierto al romperse. ¿Cuánto más arsenal continuaba en los contenedores sellados?

Roscil Larramac era un traficante de armas.

Aunque Larramac sabía que ella había visto la carga, ninguno dijo una palabra al respecto. Dev tenia muchos otros problemas que requerían su atención inmediata y prefería darse el lujo de trabajar en una a la vez. Guardó el asunto de las armas en el último lugar de su mente para un comentario en el futuro—pero no estaba olvidado.

"¿Podrían ustedes tres dirigir a los robots en la limpieza?" le pidió a Larramac. "Me imaginé que, ya que comencé a hablarle a nuestro cautivo con anterioridad, yo también podría continuar con ese trabajo, si no tienen ustedes alguna objeción."

"No, no, adelante. Nos encargaremos de las cosas aquí, si está segura de que estará bien arriba." El dueño de la nave habló rápidamente, tratando de ocultar alguna culpa latente acerca de la carga.

Voluntariamente, Dev dejó la limpieza en manos de los hombres y las máquinas mientras subió hacia el núcleo central de la nave al nivel de los cuarteles de la tripulación. Según sus instrucciones, los robots habían cerrado con llave la puerta del camarote de Zhurat y un robot permanecía de pie a cada lado de ella.

"Estoy entrando," le dijo a ambos guardias robots. "Si el alienígena intenta escapar, atrápenlo— pero no lo lastimen." Con eso, abrió la puerta y entró.

El alienígena se sentó en la cama plegable al extremo más retirado de la pequeña cabina, escondiéndose contra el tabique y mirándola. Por su estilo de ropa y estructura corpórea general, ella concluyó que su cautivo era un varón de su especie.

"Hola otra vez," dijo con calma, cerrando la puerta tras de ella y apoyándose casualmente contra ella para darle un sutil refuerzo al concepto de que él era su prisionero. Su pistola estaba ahora en su funda; sus manos estaban vacías y abiertas en señal de paz. "A pesar de toda la agitación de la última media hora, realmente nada ha cambiado. No somos una amenaza para ti. Podríamos haberte matado, pero no lo hicimos. Eso debería probar nuestras buenas intenciones. Ahora, debes probar las tuyas. Ya te dije mi nombre. ¿Cómo te llamas?"

El alienígena la miró durante un largo rato. Finalmente, al darse cuenta de que no tenía otra alternativa sino creerle, dijo "Grgat Dranna Rzinika."

"Muy bien, Grgat Dranna Rzinika, ¿te importaría decirme por qué abordaste mi nave?"

"Estaba huyendo."

"¿De quiénes?"

"De los dioses." La computadora traducía las palabras de manera casi monótona, pero a Dev no hacía falta tener un diploma en alienología detectar la amargura y disgusto en la voz de una criatura.

"¿¿Por qué?" Cuando el nativo dudó por un momento, Dev agregó, "Recuerda que no podrán oírte mientras estés en esta nave. Puedes hablar libremente."

"¡Los odio!" explotó Grgat repentinamente. "Son crueles e insensibles. Preferiría apoyar a los demonios del espacio exterior que seguir viviendo bajo el dominio de estos dioses."

"Así que, ¿soy un demonio?"

Grgat la miró cuidadosamente. "No, pareces un mortal como yo, aunque sí tienes poderes místicos. Pero vienes del reino sostenido por los demonios, y... Y yo quisiera que me llevaras contigo."

Dev se apartó de la puerta hacia la cama donde

estaba sentado su nativo. Se sentó en la esquina opuesta, con precaución de no hacer ningún movimiento repentino o amenazante. "No intento discutir," dijo, "pero debo saber tus motivos. *¿Por qué* odias a los dioses? *¿Por qué* arriesgas tu vida para escapar de ellos?"

Las manos en forma de garras del alienígena temblaban nerviosamente. "Porque asesinaron a mi esposa, Sennet. La mataron sin piedad sólo por seguir sus instintos naturales. Ellos—"

Dev interrumpió su incipiente discurso. "¿Sennet se pronunció en contra de ellos?"

"No, esa es la ironía. Era una leal y auténtica creyente. Siempre me regañaba para que fuera más entregado."

"Entonces, ¿por qué la mataron?"

"Porque se embarazó. Nuestro pueblo ya alcanzó su cuota máxima asignada, incluso después que algunas personas murieron—incluyendo a nuestra única hija—nos negaron el permiso para incrementar la población. Debía ser nuestro turno, pero cuando Sennet quedó encinta los dioses enviaron a uno de sus mensajeros a sacar al bebé de su vientre. Frente a todo el pueblo, le rogó y le suplicó al ángel que no se llevara a nuestro bebé. Fue más respetuosa a medida que rogaba, pero aún así—sólo para mostrarle la futilidad de discutir con los dioses—la mataron. Luego, porque nuestro pueblo está muy bajo la cuota, le dieron la asignación a la próxima pareja en la lista."

Cuando terminó de hablar, Grgat estaba mirando sus pies, evitando por completo la mirada de Dev. "No puedo adorar a quienes le hicieron algo tan cruel a una seguidora tan leal como Sennet. No me importa que sean dioses, o que puedan matarme con un solo pensamiento—no puedo adorarlos."

"No," dijo Dev con suavidad—tan suavemente que su computador casi no pudo captarlo y traducirlo. "No, no esperaría que lo hicieras." Todos sus instintos salieron de ella para poner un brazo reconfortante alrededor de los hombros de Grgat— pero a la vez temía que el alienígena malinterpretara el gesto. Sus manos permanecieron sosegadamente en su regazo.

Grgat continuó como si no la hubiera escuchado. "Es por lo que, cuando tu nave llegó hace unos días, resolví esconderme abordo y viajar hacia el reino de los demonios. Seguramente no podían ser peores que los dioses que tuve que soportar. Cuando subieron una carga de oro a bordo de tu nave esta tarde, me escondí adentro. Estuve escondido aquí hasta que me encontraste. No les haré daño, lo juro."

"Te creo," dijo Dev. Luego agregó como un segundo pensamiento, "debes estar terriblemente hambriento, si has estado aquí todo el día sin comida."

"Lo estoy. Pero espero sufrir."

"Eso no tiene sentido. Aún los peores prisioneros tienen derecho a comer—y cualquiera que sea tu situación, estás por encima de eso. La química de tu cuerpo no es muy distinta a la de nosotros—creo que podremos encontrar algo nutritivo para ti o algo a lo que estés acostumbrado."

Dev se puso de pie, fue hacia la puerta y la abrió. "Bakori," llamó, sacando su cabeza.

El astrogador apareció por debajo. "¿Sí,

capitana?”

“Nuestro prisionero no ha comido durante algún tiempo. Vaya a la cocina y prepare algo para ayudarlo hasta que podamos decidir qué haremos con él.”

“Sí, señora.”

Mientras el astrogador se movía para cumplir con su orden, Roscil Larramac también apareció abajo. “¿Comenzó a hablar?”

“Bastante bien,” respondió Dev. “Tiene muchos problemas afuera.”

“También tiene muchos problemas aquí adentro. Quiero hablar con él. Vamos a subir.” Larramac puso la escalera al nivel de Dev.

Dev le advirtió a Grgat que el dueño de la nave quería hablar con él, y que Larramac no le haría daño. El nativo se veía nervioso—apenas se hacía a la idea de hablar con Dev—pero obviamente no estaba en posición de rehusarse.

Cuando Larramac entró, Dev le contó lo que Grgat le había dicho hasta ahora. Cuando terminó, Larramac permaneció en silencio durante un momento, acariciando su perilla pensativamente. Finalmente dijo, “Si lo llevamos con nosotros, podríamos tener problemas con estas deidades locales, quienes quiera que sean. ¿Merece la pena, Dev?”

“Aún no tengo suficiente información. Pero intento obtenerla.” Dirigiéndose a Grgat, dijo, “Tendremos que saber un poco más antes de poder ayudarte. Dinos absolutamente todo lo que sepas sobre los dioses.”

CAPÍTULO 4

Cabalga con el momento. Incluso si es desagradable, siempre habrá otro dentro de poco.
—Anthropos, *La Mente Sana*

Antes del Comienzo, explicó Grgat, nada existía además de la Bruma Primigenia que se impregnaba en el universo. Era uniforme y amorfa. Luego, tras un período de eras, comenzó a convertirse en distintas entidades, que eventualmente se convirtieron en dioses y demonios. Primero, ambas razas convivieron en armonía. Juntas, crearon las estrellas y los mundos con los restos de la Bruma Primigenia e impusieron el orden en el caótico cosmos.

Pero, luego de muchos eones, ambas razas tuvieron una disputa. Los dioses querían crear criaturas mortales con las cuales pudieran compartir las maravillas del universo; los demonios, de manera egoísta, procuraron evitar que hubiera otros seres y guardar sus secretos sólo para ellos. Ambas filosofías resultaron incompatibles, y una guerra fue su consecuencia natural.

Los cielos estallaron en fuego mientras ambas especies luchaban por la supremacía. Las estrellas explotaron, y varios planetas fueron devastados en las batallas en las que se enfrentaron. Finalmente, para evitar más destrucción, los dioses pidieron y recibieron una tregua. El planeta Dascham fue creado como un lugar donde los dioses podían experimentar con la vida a su antojo, mientras que los demonios acordaron vagar por los cielos y no interferir con los asuntos de Dascham.

Los dioses construyeron una montaña llamada Orrork, la cual convirtieron en su hogar y donde aún habitan. Una vez que se establecieron allí, hicieron a los miembros de la raza daschamesa a su propia imagen para ayudarles a estudiar los misterios del universo.

Primero, los dioses y los mortales se mezclaban como iguales. Pero después, algunos daschameses malvados se hicieron vanidosos y creyeron ser mejores que los dioses. Comenzaron una revuelta que los dioses, con sus poderes supremos, rápidamente reprimieron—la Hora de la Quema. Pero los dioses sabían que sus creaciones, los daschameses, eran imperfectos—su obstinada arrogancia siempre los conduciría a desafiar a sus creadores. Algunos dioses pensaron en destruir a todos los daschameses y comenzar sus experimentos con vidas nuevas, pero otros de sus colegas se opusieron.

Eventualmente, los dioses decidieron que conservarían a los daschameses, pero como esclavos, únicamente hechos para adorarlos y para llevar a cabo trabajos manuales para servirles. Los dioses mantendrían una supervisión constante sobre sus desobedientes sirvientes, siempre alertas ante alguna señal de rebelión. Además, los dioses crearon a los ángeles para recordarle a los daschameses acerca de su estado degradado y para reprimir y castigar a todos quienes vayan en contra de la voluntad de los dioses.

Se estableció un estricto código de reglas. Ningún daschamés podía decir o hacer nada que pudiera significar hostilidad hacia los dioses. Debían entregarse ofrendas de alimentos por turnos de cada pueblo, las cuales eran llevadas por los ángeles hacia la montaña Orrork. Los daschameses, además de cultivar sus propios alimentos, debían trabajar en varias tareas para los dioses—en la minería de materiales y piedras específicas, los cuales ponían en grandes cubetas que eran recogidas por los ángeles.

La libertad estaba limitada en múltiples maneras. El control de población era estrictamente impuesto. No podían permanecer más de dieciséis daschameses en un mismo lugar a la vez. Los daschameses no tenían lenguaje escrito y los dioses escuchaban cada conversación hablada, sin importar cuán bajo susurrasen. La retaliación (como Dev había visto anteriormente) era rápida y definitiva para cualquiera que desobedeciera la voluntad de los dioses.

Los dioses eran invencibles y gobernaban Dascham con mano dura.

Dev y su jefe escuchaban tranquilamente mientras Grgat explicaba la teología de Dascham. Cuando el nativo terminó, se sintió un silencio en la cabina. Finalmente, Larramac se acercó y apagó el traductor en el casco de Dev de manera que Grgat no pudiera comprender qué estaban diciendo. "¿Qué opinas?" preguntó.

"Funciona para un buen cuento."

"¿Pero le crees?" Larramac la miró estrechamente.

"Asumo por esa mirada extraña que Dunnis le informó sobre mis teorías sobre los dioses. No, literalmente no le creo. Tiene mucho en común con los mitos creacionistas de la gente primitiva de cualquier lugar de la galaxia. A pesar de ello, sí creo que hay más de cierto en esta que en la mayoría de ellas. Y sí creo en los poderes de los dioses; los demostraron muy bien esta noche."

Larramac se quedó en silencio durante un momento, y luego se acercó al casco de Dev. Dev se lo entregó y él encendió el traductor de nuevo. "Dígame, Grgat, ¿exactamente qué espera de nuestra parte?"

"Quisiera que me sacaran de Dascham y me llevaran hacia el cielo, hacia el reino de los demonios."

"Pero acaba de decirnos que los demonios se oponen a la vida. ¿Por qué querrías ir allá?"

El nativo dudó, y finalmente decidió creerle a los humanos. "Yo... quise pedirles ayuda para destruir a los dioses. Solamente si los dioses resultan vencidos, Dascham puede ser realmente libre."

"¿Y acaso los demonios lo escucharían? ¿Cómo

espera ganarse su simpatía si ellos se oponen a la vida?"

"Los dioses dicen ser buenos, aunque los he visto hacer cosas que inclusive ellos dicen ser malas. Dicen ser sabios, aunque a veces actúan tontamente. Estoy aprendiendo a no creer todo lo que me han dicho los dioses."

"El comienzo de la sabiduría," Dev murmuró—pero muy calladamente, de manera que el traductor no lo captara.

Grgat continuó, obviando la observación de Dev. "Los dioses dicen que los demonios no tolerarían la vida—aunque ustedes vienen de los cielos y son tolerados, aunque no son demonios ni dioses. Los dioses dicen saberlo todo sobre Dascham, aunque obviamente no saben qué estamos diciendo ahora, porque ya nos hubieran aplastado mucho antes de esto."

"¿Cómo sugiere que encontremos a los demonios?" preguntó Dev.

"No lo sé," admitió el nativo. "¿Alguna vez has visto alguno?"

"He conocido a muchos seres que podrían ajustarse al término, pero probablemente no sean a quienes tienes en mente."

"¿Sería posible que me ayudes a buscarlos? Te pagaré bien."

Al escuchar la palabra "pago", Larramac se enderezó en su asiento. Prestó atención más cuidadosa a la úrsida figura de Grgat mientras dijo, "¿Pagar? ¿Cómo? No sabía que los daschameses tuvieran algo con qué pagar. No parecen particularmente adinerados."

"Sería después de destruir a los dioses, por supuesto. Si dejamos de servirle a los dioses, podríamos trabajar para pagarles nuestra deuda. Hay minerales que los dioses consideran valiosos, y algunos de ellos ustedes podrían también considerar vender. Podríamos darles mucho más que eso como pago por nuestra libertad."

En ese momento, el astrogador de la nave, Lian Bakori, entró con una bandeja de comida para el prisionero. Al darse cuenta del la expresión ansiosa del rostro de Grgat al mirar la comida, Dev consideró que sería mejor interrumpir el interrogatorio por los momentos. Todos estaban exhaustos y necesitaban reposar. Luego que Bakori dejó la bandeja, ella salió de la cabina, al tiempo que hizo un gesto para que el propietario de la nave y el astrogador salieran delante de ella.

Una vez más estando afuera, Dunnis se le acercó. "Mire lo que encontré, capitana."

El pequeño trozo de metal que sostenía en su mano extendida tenía menos de dos centímetros de longitud tenía menos de dos centímetros de longitud. Aunque tenía un pequeño conjunto de patas para movilizarse, obviamente era artificial.

"¿Dónde lo encontró?" ella preguntó.

"En la bodega, mientras limpiábamos. Usted tenía razón, creo que es uno de los bichos que los dioses usan."

Dev estaba muy cansada como para sentir regocijo por el hecho de que sus presunciones eran correctas. Sólo inhaló profundamente y dijo, "¿Puede hallar la frecuencia en la que transmiten?"

"Puede tomar un ratito, pero... sí, puedo

hacerlo."

"Bien. Hágalo de inmediato. Luego necesitaré que construya un dispositivo emisor de interferencias de manera que pueda apagar los deflectores meteoroides. Estamos consumiendo la energía de la nave."

"Sí, Capitana. Eso puede tomar un rato."

"Tómese todo el tiempo que necesite, hasta las 0730 de esta mañana. Luego de esa hora, deberá estar listo."

"Pero Capitana, no he dormido nada y las pruebas...."

"Si usted no hubiese estado afuera holgazaneando con Zhurat, nada de esto sería necesario. Las pruebas son relativamente sencillas—Tengo algo de conocimientos sobre ingeniería. Puedo hacer las pruebas y construir el emisor de interferencias en unas quince horas; espero que usted, con su experiencia especial en la materia, lo haga en la mitad del tiempo."

Dunnis abrió su boca para seguir protestando, pero Dev lo interrumpió. "Cada minuto que pierde aquí discutiendo conmigo le resta un minuto de tiempo para trabajar. Le sugiero que comience ahora."

El ingeniero encogió sus grandes hombros y dispuso a cumplir con sus órdenes, dejándola sola junto a Larramac y Bakori. "Estaré en mi cabina si me necesitan," dijo a ambos hombres. "Tengo la fuerte sospecha de que las actividades de esta noche sólo son una antesala a algo mucho peor y me gustaría tener al menos dos horas de descanso antes de enfrentarme a eso."

Bakori aceptó su anuncio con el mismo silencio sepulcral que usaba para todas las ocasiones. El astrogador era un neo-budista ortodoxo y, como tal, aceptaba todo el universo exactamente como era. Dev no podía recordar haber conocido a un hombre más pasivo, pero hacía su trabajo razonablemente bien y no le daba problemas, por lo que ella no tenía quejas.

Roscil Larramac, a pesar de ello, era otra cosa. Su expresión melancólica y abstraída sobre lo que Grgat dijo presagiaba pocas cosas buenas. *Desearía haber sabido qué pasaba por su obsesivo cerebro*, pensó Dev. *Lo que sea, sé que no me va a gustar.*

A pesar de haber anunciado su intención de dormir un poco, esa noche estuvo muy incómoda. Se acostó encima de las sábanas en su cama plegable, sus ojos vagaban sin cesar alrededor de la habitación. Un retrete y un lavabo estaban atiborrados juntos en una esquina, junto con un juego de gavetas empotradas, donde se encontraba la mayoría de sus pertenencias. Las paredes desnudas de metal tenían aros para colgar una hamaca cero-gravedad, que se encontraba doblada en una gaveta. Había un cronómetro, una fotografía de sus padres y una del dormitorio donde pasó los siete primeros años de su vida, un par de imágenes de los planetas que había visitado y una muestra con su cita favorita de Anthropos, "No reces para obtener milagros—¡Créalos!"

Se preguntó si estaría despierta para llevar a cabo la tarea esta vez. En un espacio de varias horas, sus problemas habían experimentado un incremento logarítmico y eso no permitió que su cerebro descanse con facilidad.

Abrió un libro y lo hojeó; pero aún al leer, su pasatiempo favorito, sostuvo poco interés en su lectura tras las actividades de esa noche. Preocupada porque no podía perderse con tanta facilidad, y puso el libro abajo en el piso a su lado.

Todo tiene solución, se recordó a sí misma. *Sólo hace falta poner la mente en orden.* Decidida a hacerlo, separó sus preocupaciones en componentes discretos y las examinó por separado.

Primero, los dioses. Su discurso ante el ángel pareció haber apaciguado su furia por el arrebato de Zhurat, pero seguirían alertas ante los humanos. La tripulación del *Foxfire* era una influencia posiblemente perturbadora en un mundo por el que ellos luchaban para mantener estático—y la acción de encender las pantallas deflectoras sólo incrementaría sus sospechas. Los humanos estarían bajo estrecha vigilancia desde ahora; todas sus apariencias externas deberán ser perfectas, o impulsarían más furia por parte de los dioses.

Segundo, el polizón. Los dioses podrían no saber aún que él se encontraba perdido, pero cuando lo sepan, fácilmente podrían llegar concluir correctamente que se estaba ocultando en la nave humana. ¿Cómo reaccionarían? ¿Le exigirían a los humanos entregárselo a sus autoridades? Si así fuese, ¿ella debería hacerlo? La ética de la situación era extremadamente complicada, y su respuesta podría afectar las relaciones comerciales entre los daschameses y los humanos durante siglos.

Tercero, las armas. Larramac se las había ocultado deliberadamente, de la misma manera en que mantuvo en secreto su itinerario. "Le diré hacia dónde vamos cuando usted tenga que ir allá," le dijo y todos sus intentos de obtener más información fueron fútiles. Ella supo que él no intentaba venderlos aquí; los dioses nunca hubiesen tolerado eso. Pero las armas le seguían preocupando. No era ilegal traficar armas; no había nada en el espacio, donde las leyes humanas no tenían alcance. Pero *eso* añadiría complicaciones a esta misión comercial que ella tuvo que haber planificado.

Además, ella consideraba inmoral la venta de armas. A un eoano realmente no se interesa si otras personas deciden poner fin a su existencia—pero se consideraba una mala manera de ayudarles.

Tras haber enumerado los problemas con los que tendría que lidiar, comenzó a realizar una lista de los recursos a su disposición.

Primero, la tripulación. Todos a bordo eran una especie de inadaptados. Roscil Larramac, según se dio cuenta, era agresivo, ambicioso, abusador y codicioso además de ser supersticioso, condescendiente, impetuoso, ocasionalmente encantador, a veces generoso y extremadamente inteligente.

Zhurat había sido marginalmente competente y profesionalmente querellante; bueno, ya no era un factor. Lian Bakori hacía lo que le dijeran y absolutamente nada más; era un buen astrogador, pero su inclinación neo-budista significaba que practicaba el principio de Participación Mínima. Gros Dunnis era competente y afable, pero perezoso al extremo; Dev había encontrado la necesidad de apurarlo en cualquier momento que requería que él hiciera algo. Había veinte robots, máquinas pesadas con gran fuerza y mentes ligeramente más inteligentes que un estúpido. Para completar, se incluyó a sí misma: una capitana eoana, muy competente pero estricta en su disciplina, dotada de todas las cualidades legendarias de arrogancia y complejos de superioridad por la que los eoanos eran notorios. No le gustaba pensar así de ella misma, pero la situación exigía objetividad.

Segundo, la nave. *Foxfire* era un carguero pequeño, con una bodega de carga pesada con mercancía diversa. La propia nave no contaba con armas, pero llevaba consigo un arma de enorme poder: su impulso gravitacional. Las energías electromagnéticas lanzadas en la estela de una nave estelar a medida que despegaba o aterrizaba eran devastadoras. Los tejidos vivos ser freían casi instantáneamente dentro de ese campo; el equipo electrónico se quemaba; los metales se fundían. Una de las primeras lecciones de seguridad impartidas a cualquier persona que trabajó en o alrededor de una nave es que el impulso significaba muerte instantánea y destrucción. Podía -y en ocasiones se había- utilizado como instrumento de guerra.

Tercero, el polizón. Aunque no sería capaz de funcionar a bordo de la nave, sería una mina de información sobre el planeta Dascham. Ya había proporcionado algunas pistas invaluables sobre la historia y organización social de este mundo; si se enfrentan a más problemas con los dioses, él podría proporcionar otras pistas también. Suponiendo, por supuesto, que él no fuese entregado a los dioses si lo pidieran.

Cuarto, las armas. Al igual que con Grgat, estas eran un recurso, así como un problema potencial. Odiaba la idea de usar la violencia... Pero odiaba aún más la idea de que alguien más las usara con violencia. Si los dioses decidían ponerse malvados, Dev tenía los medios necesarios para ser igualmente malvados a cambio, y no dudaría en utilizarlas.

Habiendo arreglado las cosas, su mente se sintió más relajada. No había nada que ella pudiera hacer actualmente contra los problemas que todavía estaban esperando por surgir. Pero sabía dónde esperarlos y qué podía usar para combatirlos, lo cual era la máxima preparación posible bajo las circunstancias. Se concentró una vez más en irse a dormir.

Sus ojos apenas se habían cerrado, a pesar de ello, cuando sintió un suave golpe a su puerta. Luchando por salir de su niebla soñolienta, miró el cronómetro fijado en la pared. Eran las 0600, demasiado pronto para que Dunnis terminara su tarea. "¿Quién está ahí?" preguntó, sabiendo que sólo podía haber una respuesta.

"Es Roscil." Ella había adivinado correctamente. "¿Puedo hablar con usted en privado?"

"Sólo un minuto." Salió de su cama y se miró en el espejo sobre el lavabo. Su rostro delgado se veía más demacrado y preocupado de lo usual, por lo que se veía mayor de lo que era en realidad. *En realidad debería sonreír más; haría maravillas por mi apariencia,* pensó mientras deslizaba un peine rápidamente por su cabello enredado. *Aunque estaría condenada si supiera qué motivo hay para sonreír en estos días.*

Su uniforme espacial estaba desaliñado tras las actividades agitadas del día, por lo que buscó en su gaveta un uniforme fresco. Como si fuera para un hombre, este uniforme era una braga ancha que cubría el cuerpo completo desde el cuello hacia abajo. Incluía guantes y botas, y estaba sellado con sólo una cremallera hacia el frente. Bandas elásticas en los puños, cintura y tobillos prevenían un inmanejable abombamiento durante una caída libre, y todo el conjunto podía convertirse en un traje espacial sólo con agregar un casco y tanques de oxígeno. Una fila de medidores, incluyendo un a reloj, circundaba su cintura como un cinturón.

Los uniformes espaciales eran de uso universal en las naves espaciales humanas, pero todavía había lugar para adornos individuales. Cada persona tenía su propio código de color distintivo y diseño para diferenciarse de todos los demás. El uniforme de Dev era en su mayoría marrón, con una franja ancha de color verde claro que corría desde el hombro derecho hasta la cadera izquierda por el frente y subía de nuevo por su espalda. Sobre su pecho izquierdo, exhibía su emblema de capitanía, y con él el logotipo de Elliptic Enterprises.

Así vestida, de nuevo estaba presentable para recibir compañía. "Muy bien, pase."

Larramac entró. Debido a la apariencia ligeramente enrojecida de sus ojos y las bolsas pequeñas debajo de ellos, Dev supo que él no había dormido mucho esa noche, tampoco. "He estado pensando," comenzó, "sobre lo que dijo ese nativo."

Dev se sentó silenciosamente mirándolo. Estaba satisfecha, a este punto, de permitir que él hiciera toda la conversación.

"Obviamente no podemos llevarlo con los demonios, porque no sabemos dónde están. La forma como interpreto su mito es que hubo una guerra espacial hace cientos, quizás miles de años. Una banda de perdedores aterrizó aquí y usaron su tecnología superior para esclavizar a los nativos. Por todo lo que sabemos, los 'demonios'—quienes sólo son los que ganaron la guerra—pudieron haberse extinguido mucho antes de que el hombre haya dejado la Tierra. ¿Le parece correcto todo esto?"

Dev asintió somnolientamente, preguntándose cuándo terminaría de explanarse sobre algo obvio.

"Así que, los demonios no podrán ayudar a nuestro amigo. Pero quizás nosotros sí."

Dev decidió hablar ahora. "¿Cómo?"

"Deshaciéndonos de los dioses, como él lo pidió. Sabemos que o son seres sobrenaturales; todos sus efectos, como usted lo señaló, son cosas que podríamos duplicar."

"Sí, pero están operando a una escala que no podemos comenzar a igualar. Su vigilancia electrónica cubre todo lo que sucede en toda la faz de Dascham. Piense en cómo serían solamente sus equipos de computación si pueden relacionar todos esos datos instantáneamente—y pueden hacerlo, porque he visto los resultados."

Larramac desechó eso con un gesto que hizo con su mano. "No me importa cómo sean sus computadoras. Las computadoras no son armas."

"Esos ángeles lo son. Tienen motores

gravitacionales independientes que pudieran eliminarnos en cualquier momento. También son muy acertados con sus rayos."

"Una nave en el aire podría superarlos de manera que no tendríamos que preocuparnos por ellos. Y esos rayos no le harían un gran daño a la nave."

"Pueden tener armas más grandes ocultas en caso de una emergencia."

"Está usted siendo muy negativa esta mañana," gruñó Larramac.

"Como capitana, es mi deber establecer la seguridad en la nave como máxima prioridad. Si fuera menos cautelosa, le sugeriría que me despida porque no merecería mi pago."

Larramac sonrió. "Bien. Pero recuerde, son los perdedores en una guerra. Vinieron aquí derrotados. Cualquier gran arma que tengan probablemente ya no funcione."

"Han tenido muchísimo tiempo para reconstruirse—y los daschameses les suministran mucha materia prima y mano de obra."

Larramac inhaló profundamente y exhaló de nuevo. "A pesar de ello, estoy listo para asumir el riesgo."

Dev hizo su segunda gran pregunta de esa mañana. "¿Por qué?"

Su jefe parpadeó y la miró. "Lo escuchó. Dijo que pagarían bien si nos deshacemos de los dioses. Podríamos obtener todos esos tributos que los nativos actualmente les dan a los dioses."

"Dudo que Grgat sea el líder del planeta. No está en posición de negociar. No puede hacernos una oferta en representación de todo su planeta."

Larramac se estaba poniendo cada vez más impaciente. Su tono de voz se hizo brusco al responder, "He aprendido que cuando un hombre dice algo, un millón más piensan así. Toda esta gente está esperando su libertad. Estarán tan felices cuando la obtengan que le darán a sus libertadores cualquier cosa que tengan."

"¿Está sugiriendo que regresemos y que reclutemos a un escuadrón de asalto para matar a estos dioses?"

"No. La sorpresa es el bien más importante con el que contamos. Incluso ahora los dioses pueden sospechar de nosotros por razones ulteriores; darles otros dos meses para que se preparen para una guerra sólo podría disminuir nuestras oportunidades de éxito."

E incorporar más gente a la mano de obra también disminuiría su parte de ganancias, pensó Dev cínicamente. *¿Ves lo bien que te conozco, Roscil?*

"Entonces la única alternativa," dijo en voz alta, "es atacar con el personal y equipos que tenemos disponibles ahora."

"Exactamente. ¿Qué opina?"

"Qué bueno que finalmente me pregunta. Mi opinión es que esta idea es entupida, un mal proyecto, imprudente y, en general, totalmente carente de méritos. Opino que deberíamos terminar nuestro intercambio hoy como estaba planificado y partir de una vez a nuestro próximo destino—cualquiera que sea—y dejar atrás todas nuestras ideas de deicidio."

"Por lo menos escuche mi plan antes de

insultarme," dijo Larramac, sorprendido por sus vehementes palabras. "Según Grgat, todos los dioses viven en un lugar, esta montaña a la que llaman Orrork. Terminaremos nuestro intercambio mañana como dijimos que haríamos y nos iremos—pero en lugar de partir, orbitaremos alrededor y bajaremos nuevamente hacia su montaña. Nunca sobrevivirán a nuestra onda de arranque si aterrizamos junto encima de ellos; casi no habrá riesgo."

"¿Ese es su plan?"

"Esencialmente, sí."

"Bueno. Ahora que lo escuche, *sigo* pensando que es estúpido, es un mal proyecto y es imprudente."

Larramac apretó su mandíbula con dureza. "Le estoy pagando para que haga lo que yo ordeno, Dev."

"Incorrecto. Me está pagando para capitanear su nave y completar la misión comercial que su empresa ha establecido. Mis deberes no incluyen llevar a cabo un ataque suicida contra el gobierno local. Soy una piloto, no una mercenaria."

"La puedo despedir, usted lo sabe."

Dev parecía estarse divirtiendo un poco. "¿Así que le gusta tanto Dascham como para quedarse aquí? Sin mí, la nave nunca se separará del suelo."

"Oh, sí. Me encantaría. Puede que usted no lo sea, pero manejo mi propio aeroplano en Nueva Creta. Puedo tomar los controlas aquí y hacer el ataque por mí mismo, si así lo deseo."

La expresión de risa se desvaneció del rostro de Dev. "Los controles de una nave espacial son por lo menos doce veces más complejos que los de un avión. Nos mataría a todos intentando tal hazaña."

"Vamos a atacar esa ciudadela, Dev. Si usted no

está en los controles, yo lo haré. Tome su decisión."

Dev recorrió rápidamente su lista de opciones. Podía negarse a correr el riesgo de sufrir un accidente debido a la inexperiencia de Larramac. Conocía muy bien la enorme cantidad de paciencia y sensibilidad requerida para manejar los controles de una nave como el *Foxfire*; la paciencia y la sensibilidad no eran dos de los activos más destacados de su jefe. Estarían todos condenados si a Larramac se le permitiera estar detrás de la consola de controles.

Consideró la posibilidad de sabotear la nave para que él no pudiera volarla, pero también rechazó esa idea. Si realizaba algún sabotaje mayor, ella tampoco podría volar la nave, y todos quedarían atrapados aquí indefinidamente. Si el sabotaje fuera menos severo, Dunnis - quien sin duda seguiría las instrucciones de su jefe por encima de las de ella - podría arreglarlo o compensarlo.

Como Larramac dijo, era él o ella. El ataque contra los dioses podría tener sólo una oportunidad de éxito en un millón, pero esa probabilidad seguía siendo mejor con su mando que con él al timón.

Suspiró en voz alta. "Usted gana, Roscil, pero le advierto: Introduciré un recurso de queja contra de usted ante la Asociación de Pilotos de Naves Espaciales tan pronto como regresemos a la civilización—si es que logramos regresar."

"Lo haremos, no se preocupe. Continuaremos el resto del día como si nada extraordinario estuviese sucediendo y luego haremos nuestros planes esta noche." Se dio la vuelta y dejó su cabina, cerrando la puerta tras él.

Dev se sentó al borde de su cama, recogiendo sus pensamientos. Era un hecho desafortunado del universo que la locura acompañaba con frecuencia al poder de poner sus neurosis en acción a pesar de todos los sanos consejos de hacer lo contrario. A falta de una sublevación completa, no había manera de que ella pudiera alterar los planes de su empleador; tendría que, en cambio, velar por que los mismos se lleven a cabo de la mejor y más segura manera posible.

Mi problema, pensó, es que listé a Roscil como uno de mis recursos en lugar de listarlo como uno de mis potenciales puntos problemáticos. Como dice el viejo refrán, si no eres parte de la solución, eres parte del problema.

Roscil Larramac, decidió, definitivamente era parte del problema.

CAPÍTULO 5

¿Dónde se encuentra la seguridad? En un universo de constantes sorpresas y decepciones, es tonto buscar fuentes externas... La persona sana está, primero y principal, segura de sí misma.
—Anthropos, *La Mente Sana*

No tenía sentido volver a dormir; tendría que levantarse pronto de todos modos para comenzar las actividades del día. Dev se refrescó, se lavó la cara y logró ahondar en un capítulo de un libro recientemente popularizado sobre comparaciones entre la ictiología interplanetaria antes de que fuera el momento de salir de su cabina y comenzar oficialmente el día.

Entró en la diminuta cocina del *Foxfire* y descubrió que el desayuno no había sido preparado. Había establecido un horario para cocinar al principio de este viaje, en el que incluso ella y Larramac se turnaban para preparar las comidas. Pero el desayuno de hoy era responsabilidad de

Dunnis, y estaba ocupado trabajando en el emisor de interferencias que había pedido. En toda la confusión de anoche, se había olvidado reorganizar la tarea. *Siempre que algo esté fuera de lugar en una nave*, se recordó a sí misma, *siempre es responsabilidad del capitán ponerlo en orden nuevamente.*

Con un suspiro de cansancio, comenzó a preparar una comida rápida y fácil para toda la tripulación. No sería un gourmet calidad, pero la haría. *Me encanta comer buena comida, pero nunca he tenido el don de cocinar bien.* También hizo una nota para indicarle a todos los demás que la muerte de Zhurat causó que el volumen de tareas subiera.

El resto del equipo del *Foxfire*, a excepción de Grgat, quien todavía estaba bajo guardia, comenzó a reunirse justo cuando ella terminaba de cocinar. Dunnis tenía mucho retraso, y no apareció hasta casi las cero ochocientas horas, pero tenía el emisor de interferencias listo y funcionando. Le aseguró a Dev que proporcionaría suficiente interferencia para apaciguar a todos los insectos dentro de un radio de cuarenta metros, lo que significaría que toda la nave sería un terreno seguro para las conversaciones. Dev asintió y no le mencionó que había superado su plazo; estaba segura de que había hecho bien su trabajo.

Después del desayuno, salió con Larramac. Los nativos ya habían llegado. Rodearon la nave, alrededor de cuarenta de ellos, con sus vagones crudos a más no poder de mineral. Se había descubierto que Dascham tenía algunos depósitos ricos de monazita, samarskita, thortveitita y otros minerales de tierras raras, y de gemas tales como la turquesa, alexandrita y turmalina; para eso era que los humanos iban a Dascham y comerciaban. Los dioses no se oponían a que los daschameses recibieran cuchillos y otros utensilios manufacturados, mejor hechos que sus propios implementos primitivos. El simple hecho de que los pagos a los daschameses fuese tan barato hizo de Dascham una parada comercial valiosa para la empresa de Larramac.

Con Zhurat muerto, Dev supo que era preciso supervisar a los robots en su tarea de transferir los minerales desde los carros de los nativos hacia los contenedores a bordo del buque. Ordenó a todos los veinte en el trabajo, sin dejar a ninguno para vigilar al polizón.

"¿Crees que es prudente?" le preguntó Larramac.

"¿Cómo podría perjudicarnos? Grgat no puede irse de nave o los dioses lo asesinarán. No tiene el entrenamiento para robarse la nave, y le he dicho que no toque nada si quiere contactar a los demonios, así que no creo que él pueda hacer ningún daño. Ya es bastante difícil para mí hacerme cargo del trabajo de Zhurat; tampoco debería estar limitada en lo que a mano de obra se refiere."

Mientras Larramac inspeccionaba la mercancía y discutía con los líderes daschameses sobre la calidad del mineral y las tasas de cambio, Dev logró alinear a sus robots y emitió sus instrucciones iniciales. El regateo no duró tanto como ella esperaba; los daschameses eran excepcionalmente dóciles, y se interesaron bastante por lo que los seres humanos les ofrecieron. Los dioses evidentemente habían anulado la mayor parte de la agresividad de ellos.

Terminado el regateo, se dedicó a supervisar los robots. Nunca había hecho este trabajo antes, aunque había observado a quienes lo hacían. Descubrió que era mucho más difícil de hacerlo que mirarlo. Era como si los robots buscasen ambigüedades y errores en cada orden que ella les daba y las seguían con una alegría errónea. Ella tenía que estar supervisando en todas partes, y se encontró corriendo por toda la zona de trabajo para decirle a un robot que no, ella no había querido decir que debería cargar todo el carro en la nave, sino solamente su contenido. O que había surgido una fuga el contenedor de transferencia y debe obtener uno nuevo. O que debería rodear a un *daryek* en lugar de pasar debajo de él.

No era de extrañar que Zhurat siempre estuviera tan malhumorado. Yo me volvería muy amarga si tuviera que cuidar a estos veinte imbéciles de alto grado todo el tiempo.

Hacia la tarde, la carga de trabajo comenzó a disminuir. La mayoría de los carros habían sido descargados y Larramac estaba ocupado repartiendo los pagos acordados. Dev se sintió muerta después de la emoción de la noche anterior, la falta de sueño, la persecución de los robots y la perspectiva de la próxima aventura militar de su jefe. Nada le habría gustado más que ir a su cabina y descansar durante varias horas, pero había algo que sabía que tenía que comprobar primero.

Se alejaba perezosamente de la nave. Su arranque había quemado una zona desnuda en este campo en un perímetro de treinta metros alrededor de su punto de contacto, pero más allá de eso, las flores silvestres cubrían el suelo. Toda la lluvia aquí debe genial para ellos, porque existía en la profusión —una mezcla alegre de amarillos, de verdes y de azules, con tiras dispersas de algunos otros colores variados. La mayoría de las plantas eran lo suficientemente altas como para llegar a la mitad de su pantorrilla, y algunas de las especies más aventureras llegaban hasta su cintura. Todas eran agitadas levemente por la brisa de la tarde que anunciaba el acercamiento de otra tormenta nocturna.

No estaba buscando flores, más bien buscaba objetos que fuesen mucho más pequeños y menos visibles. Habiendo visto a uno de los insectos de los dioses la noche anterior, supo cómo se veían—a pesar de ello, encontrarlos en esta abundancia de vegetación era otro asunto.

Al inclinar su cabeza en extraños ángulos, logró captar el reflejo de la luz del sol sobre las brillantes superficies metálicas de los insectos—eran el único metal a su alrededor. Después de una hora de recorrido, vio suficientes insectos como para hacer una estimación aproximada de su patrón de distribución. Eran tan numerosos que no había más de cinco metros de separación entre ellos y en algunos lugares—a un lado del camino, por ejemplo —eran mucho más densos.

La enormidad de las operaciones de los dioses era escalofriante. Incluso si los insectos sólo estuviesen distribuidos cerca de zonas habitadas y no uniformemente sobre toda la superficie de

Dascham, habrían billones y billones de estos pequeños mecanismos transmitiendo alegremente hacia sus cuarteles—y la mayor parte del tiempo no tendrían nada que reportar. Fabricarlos debía ser un proceso a tiempo completo, también; Dev dudaba que la vida útil de los componentes sobrepasara los dos años. El proceso de quitar y recolocar todos esos billones de micrófonos cada dos años sería fenomenal.

Además de lo que sería la inmensa complejidad de asimilar todos los datos una vez que sean recopilados, lo cual sólo podría hacerse con computadores. Vino a ella una imagen de kilómetros y kilómetros de computadores, sin hacer nada más que escuchar las transmisiones de sonido de los insectos, verificando sus posibles significados. Si los sonidos debieran interpretarse como conversaciones daschamesas, serían cotejadas más adelante para verificar su significado y posible contenido herético. Al asumir que uno de los nativos estuviese diciendo algo inaceptable, las computadoras tendrían que encontrar al descarriado y castigarlo. Eso podría hacerse, supuso ella, al compara la entrada de todos los insectos adyacentes y triangular su posición. Podría incluso usar identificación de voz, para saber cuál daschames en particular estaba hablando fuera de la línea; todo sobre su vida pasada podía ser retomado inmediatamente de los bancos de memoria, y un juicio sobre qué castigo particular encajaría con este crimen. Entonces, uno de los ángeles— probablemente estacionado en escondites locales cerca de los asentamientos—sería enviado para tratar con el problema

Esa, por lo menos, sería la forma en que Dev lo haría si ella estuviera llevando a cabo tal operación. Dados los recursos de un planeta entero, eso no estaría más allá de los límites de la razón.

¿Y esta era la operación que Larramac creyó poder destruir con nada más que una sola nave de carga? Si ella no se encontrase en una posición tan poco envidiable, lo habría considerado un chiste. Pero, cómico o no, tenía pocas opciones en este asunto—tenía que hacerlo funcionar. No ores por milagros—¡créalos!

Mientras comenzaba su camino de regreso al *Foxfire* pudo escuchar un ligero zumbido en el aire sobre ella. Mirando hacia el cielo gris, pudo ver a uno de los ángeles bajar. Se detuvo donde estaba, sin querer pasar directamente bajo él y ser asesinada por el arranque de su impulso gravitacional.

Como era el caso en la noche anterior, el ángel detuvo su descenso mientras continuaba a unos cinco metros sobre el suelo y diez metros delante de ella. Dev estaba medio esperando que pasara por todo el ritual preliminar de la noche anterior, pero en cambio se dirigió directamente a ella. "Capitana Korrell." Habló en galingua, sintió un escalofrío. Sus computadoras deben haber analizado el lenguaje humano por anteriores misiones comerciales.

"Escucho la voz de los dioses, y obedezco," replicó Dev humildemente.

"Los dioses buscan saber el paradero del ser llamado Grgat Dranna Rzinika."

Dev fingió no saber nada. "¿Desea saber? Pensé que los dioses lo sabían todo."

Si el ángel detectaba su sarcasmo, no sabía

reaccionar ante él. "Sabemos que Grgat Dranna Rzinika sólo pudo haberse escondido adentro de su nave ayer a finales de la tarde."

Dev no vio ventaja en negarlo. "Es cierto."

"Ha violado nuestras leyes y blasfemó contra los dioses. Le exigimos que nos lo entregue para que pueda ser castigado acordemente."

Eso es. Confrontación número uno. Anteriormente se preguntaba si debería entregarle a Grgat a los dioses para apaciguarlos, o si debía apegarse a sus principios morales y darle el santuario que pidió. Pero ahora, un nuevo factor se había agregado. Si de hecho hubieran hecho este ataque a la ciudadela de los dioses, necesitarían del conocimiento de Grgat sobre las tradiciones daschamesas. La decisión estaba lista para ella. "No puedo hacer eso," dijo llanamente.

Los ojos del ángel brillaron con un rojo ligeramente más brillante. "¿Está desafiando a los dioses?"

"En lo absoluto. Solamente que su petición es físicamente imposible. Cuando Grgat se ocultó a bordo de nuestra nave sin nuestro permiso, violentó nuestras leyes. Tan pronto como lo encontramos, fue ejecutado sumariamente."

Esa respuesta hizo que el ángel pausara durante un segundo antes de continuar. "En ese caso, suminístrenos el cuerpo para nuestra inspección."

"Nuevamente, lamento decirle que es imposible. De acuerdo con nuestras costumbres, su cuerpo fue inmediatamente arrojado a nuestro convertidor de materia y reciclado para convertirlo en una forma más útil."

"Debe ofrecernos una prueba de lo que dice."

"¿Cómo podría, si no existe ninguna? Si hubiese sabido sobre el interés de los dioses en este asunto, por supuesto que habría conservado el cuerpo para su inspección. Pero, repito, sólo estaba actuando en concordancia con las costumbres de mi propia gente. Si los dioses sintieran que miento, podrían tomar las medidas apropiadas—pero juro por los mismísimos nombres de los dioses que digo la verdad."

Dev estaba asumiendo un riesgo calculado aquí, y ella lo sabía. No había nada que impidiera a los dioses arrojarle un rayo sobre principios generales si les apeteciera. El comercio con los humanos no era tan vital para sus intereses, por lo que no se arrepentirían de perderlo al tomar una acción para salvar su imagen. Por otra parte, al mostrarse dispuesta a morir para probar su punto, tampoco le dio a los dioses nada que ganar al matarla. Matar a Zhurat había realzado su prestigio y respeto; la muerte de Dev no les daría nada de eso.

Espero que piensen en la misma línea, pensó, mientras permanecía rígidamente parada debajo del ángel, esperando su decisión. Sabía, también, que los dioses eran conscientes de que los humanos estaban interrumpiendo las transmisiones de los insectos desde adentro de la nave; pero nunca lo admitirían públicamente.

Los segundos transcurrieron interminablemente y finalmente el ángel habló. "Los dioses decretan que no se requerirá castigo alguno y que usted actuó completamente entre nuestras costumbres. Pero ahora, puesto que sus negocios en Dascham han concluido, le exigimos que usted y su nave se larguen de inmediato.”

“De acuerdo,” dijo Dev, mientras que una onda oculta de alivio recorría su cuerpo. “Nos tomarán varias horas de preparación antes que nuestra nave esté lista para partir, pero le prometo que nos habremos ido antes de la medianoche, hora local.” Eso no era estrictamente verdadero—podrían estar listos en un lapso de media hora o dos si es necesario, pero quería permitirse algo de tiempo.

El ángel no respondió. Sólo ondeó su espada llameante en un gesto de despedida y la levantó una vez más hacia el cielo. Dev permaneció donde estaba hasta que su figura se perdió en el gris de las nubes, para luego continuar su camino hacia el *Foxfire*.

Larramac estaba esperándola. Había visto y, aparentemente, escuchado, la mayor parte del intercambio. Comenzó a decir algo, pero Dev rápidamente puso un dedo sobre sus labios, en señal de silencio. Movió su cabeza hacia la nave, indicando que deberían esperar hasta que estén seguros adentro de la nave y dentro del alcance del campo interruptor de transmisiones antes de hablar sobre eso.

Cuando el último de los daschameses recibió su pago, los carros se fueron, incluyendo el que la tripulación del *Foxfire* había usado temporalmente. Dev arreó a los robots de regreso hacia la nave, luego ella y su jefe escalaron hacia la compuerta de aire, cerrando la escotilla exterior tras ellos.

“De verdad me tenía preocupado allí,” dijo Larramac finalmente. “Usted estaba asumiendo un gran riesgo.”

“*Yo* también estaba preocupada. Y el riesgo que

estaba tomando es un paseo de domingo en comparación con lo que usted tiene en mente. ¿Tiene alguna idea de a qué nos enfrentamos?"

"Presiento que usted me lo dirá."

Por una vez, Larramac tenía razón. Su capitana pasó varios minutos explicándole la distribución de los insectos y el sistema informatizado de análisis de información que lógicamente tendría que acompañarlo. Repetidamente enfatizó la escala en la que trabajaban los dioses; pero Larramac siguió convencido de sus intenciones.

"No estoy cuestionando la eficiencia de su red de inteligencia, pero las computadoras no son armas ofensivas. Todo su armamento, todos sus enormes recursos han sido dirigidos contra criaturas primitivas que apenas son más que salvajes. No podrían resistir un ataque de sus pares tecnológicos porque no la han necesitado durante cientos, quizás miles, de años. Se han hecho dóciles".

"Sólo mira lo que usted misma ha logrado cumplir. Se puso de pie sola, en ese campo, sin tan siquiera tomar su arma y encaró a un ángel, el máximo símbolo de la autoridad de los dioses. Le dijo una evidente mentira y le retó a hacerle cualquier cosa—y retrocedió. ¿Sabe por qué?"

"No, ¿Por qué?"

"Porque los dioses no conocen nuestras capacidades. Aparentamos ser una nave comercial inofensiva, pero no pueden ser positivos y No se atrevieron a correr el riesgo. Nos tienen miedo."

"Creo que 'precaución' sería un mejor sustantivo que 'miedo'," dijo mientras abría la puerta interna de la compuerta de aire y pasaba hacia el corredor familiar de la nave.

Bakori había preparado la cena y Dev invitó a Grgat a comer con ellos en el comedor. Habría un consejo de guerra ahora, mientras estaban todos juntos, y Grgat jugaría un papel central en sus decisiones finales.

Ante la insistencia de Dev, fue ella quien le dijo a los demás lo que iban a hacer; sin importar cuáles fueran sus opiniones personales, era responsabilidad de la capitana dar las órdenes a la tripulación. Bakori aceptó la noticia pasivamente, como si ella le hubiera dicho que llovería esta noche. Dunnis estaba mucho más dudoso acerca de esta aventura, pero ella lo tenía lo suficientemente intimidado en este momento por lo que él no diría nada para contradecirla.

Luego se encendió su traductor e informó a Grgat que no lo llevaría con los demonios, sino que en vez de eso destruirían a los dioses ellos mismos. El daschamés estaba encantado.

"Necesitaremos que nos des algo más de información," prosiguió Dev. "¿Está seguro de que todos los dioses viven juntos en un solo lugar?"

"Sí. No tienen otro hogar además de Orrork."

"Bien. Entonces todo debe decidirse por una acción. ¿Dónde está este Monte Orrork?"

"Está en esa dirección, así me han dicho." Grgat ondeó una garra hacia las inmediaciones del noreste.

"¿Qué tan lejos de aquí?"

"No lo sé."

"Me encantan las direcciones específicas," Dunnis murmuró. "Puede que sólo hayan quince montañas en esa dirección."

Dev apagó su casco y encaró al gran ingeniero. "No toleraré pensamientos negativos. Si esta operación tiene éxito, será porque cada uno de nosotros hace lo mejor para que funcione. No aceptaré menos que cooperación total, ¿está claro eso?"

Dunnis asintió con tristeza.

Larramac, mientras tanto, había sacado los rudimentarios mapas de Dascham creados por humanos, ya que fueron trazados por anteriores comerciantes. Aunque estos mapas habían sido trazados por aficionados, estaban destinados a ser utilizados por los pilotos de los buques y contenían suficientes detalles para hacer una conjetura decente.

"Aquí es donde estamos ahora," le dijo Larramac a Grgat, señalando un punto en el mapa. "¿Dónde está Orrork en relación a este punto?"

El nativo parpadeó confusamente ante los gráficos. "No estamos allí, estamos aquí," y señaló justo hacia abajo. "Orrork está allí." Y nuevamente apuntó hacia el noreste.

Larramac sacudió su cabeza. "No, este punto en el mapa *representa* nuestra posición. Esta dirección," indicó "norte" en el mapa, "es decir, esta dirección." Apuntó hacia el norte en la vida real.

Grgat sólo parecía más confundido. "¿Cómo es posible que esta dirección sea esa dirección? Son dos cosas distintas."

Dev se sentó, medianamente entretenida por el incidente, pero finalmente decidió terminar con el debate. "Está perdiendo su tiempo, Roscil. Los daschameses no tienen lenguaje escrito y al parecer tienen poco o ningún concepto de símbolos representativos. Lo que está apuntando en un mapa es sólo un punto en un trozo de papel para él; no lo puede traducir a la realidad física. Probablemente le tome un año o más entrenarlo para pensar simbólicamente, y no contamos con ese tiempo."

El jefe resopló. "Entonces, ¿Cómo sugiere que encontremos la ubicación de Orrork?"

"Buscando la mayor fuente de emisiones de radio en el planeta. Con el primitivo nivel de tecnología que hay aquí, sabemos que los nativos no están transmitiendo. Los insectos sí, pero sus señales provendrán de todos lados, de manera más o menos uniforme como ruido de fondo. Si los dioses controlaran este planeta desde un punto central, estarían constantemente transmitiendo sus órdenes e información hacia los ángeles y a cualesquiera subestaciones."

"Como en el caso de los insectos, no sabemos en qué frecuencia están transmitiendo, pero es sólo un detalle técnico. Sugiero que nos pongamos en órbita y examinemos los rangos de las montañas hacia el noreste de este pueblo para ver cuál está transmitiendo. Si eso no funciona, tendremos que pensar en otro método para encontrar nuestro objetivo." *O abandonar la búsqueda por completo,* deseó Dev. A veces deseaba no ser tan competente; si Larramac no hubiese creído en sus habilidades, nunca le hubiese sugerido el ataque. Y si no fuese tan dedicada, hubiese ocultado sus ideas sobre cómo ubicar a Orrork.

Larramac afirmaba con la cabeza lentamente mientras hablaba. "Sí, eso suena bien."

"¿Qué propone después de ubicar el sitio?"

"Primero descendemos sobre la montaña con la cola, eliminando todo inmediatamente debajo de nosotros con nuestro arranque."

Dev hizo una mueca. "Eso es horriblemente simple."

"las mejores tácticas siempre lo son."

Así son las peores, pensó Dev, pero se abstuvo de expresar sus dudas frente al resto de la tripulación.

CAPÍTULO 6

En el siglo XVIII, los científicos sabían que cada acción tiene una reacción igual y opuesta. La conciencia de ese hecho ha puesto a las ciencias físicas siglos por delante de las ciencias sociales.
—Anthropos, *Salud Mental y Sociedad*

Después de que la conferencia terminó, tomaron otras dos horas antes de que la nave estuviera lista para el despegue. El procedimiento en sí no era muy complicado, pero, de nuevo, carecían de personal. Normalmente era el deber de Zhurat verificar los robots y el área de carga, asegurándose de que todo estuviera seguro. Tener algo incluso ligeramente fuera de la alineación podría ser desastroso cuando la aceleración interna alcanza dos ges; una caja incluso ligeramente descentrada podría caer, golpeando a las demás y destruyendo mercancía valiosa. Un fuera de su lugar podría caer y demoler el resto de su escasa fuerza de trabajo.

En interés de hacer las cosas rápidamente,

Larramac se ofreció a hacer la verificación de Zhurat, pero Dev vetó esa idea rápidamente. Ella sabía muy bien por ahora que su empleador era un diletante, más hábil en todo en su propia mente que en la realidad. Realizó el chequeo ella misma, y sólo cuando estuvo satisfecha de que todo estaba bien sellado, comenzó a revisar las funciones de rutina de la nave.

Ahora, con todo preparado, las cinco personas a bordo estaban atadas a sus sillones de aceleración en la sala de control. Dev estaba sentada en un punto muerto, la consola ante ella era un laberinto de luces parpadeantes, pequeños interruptores, los diales sensibles y minipantallas de computadora para la lectura de los datos. A su izquierda estaba Lian Bakori, alimentando los datos en sus propios bancos de computadoras, moviendo sus dedos tan rápidamente que incluso a Dev les costaba trabajo seguirlos. A su derecha estaba Gros Dunnis. El ingeniero se movía con menos velocidad, pero Dev se negaba a apurarlo. Conocía su trabajo; cada movimiento que hizo fue exacto, sin desperdiciar ningún esfuerzo. *Todo el mundo trabaja a su propio ritmo, pensó. Apresurarlo podría llevar a errores, y perderíamos tiempo mientras hacemos el trabajo de nuevo.*

En la extrema izquierda estaba Larramac, quien parecía estar aburrido por los esfuerzos de su equipo y ansioso por estar en marcha. En la extrema derecha se sentó Grgat, sujeto al sillón utilizado anteriormente por Zhurat. Los ojos del nativo se abrieron con asombro por el entorno ajeno. El propósito de la tripulación sólo le hacía sentirse más separado de los humanos, pero los misterios que estaban teniendo lugar a su alrededor le dejaban poco tiempo para detenerse en sus miserias.

Finalmente, Dev estuvo satisfecha cuando la nave estuvo lista. Mirando hacia su observador daschamés, le dijo, "En un par de minutos, Grgat, sentirás como si otra persona se estuviese sentando encima tuyo. Pesarás dos veces lo que pesas ahora, pero sólo será durante un breve momento y después de eso no pesarás nada en lo absoluto. Sentirás que flotas. ¿Todos listos?"

El nativo gruñó en respuesta, lo cual Dev asumió como una afirmación.

El reloj digital sobre la consola frente a ella retrocedía inexorablemente hasta el momento del despegue. Dev contó en voz alta los diez segundos finales, y luego—en conjunto con Dunnis—movió los interruptores adecuados. La sensación adicional de peso vino instantáneamente.

Era una de las paradojas de la física el hecho de que, para crear y mantener un campo antigravitacional afuera de la nave, la gravedad interna debía incrementarse en una cantidad proporcional. Se acostumbraba despegar a una aceleración exactamente igual y opuesta a aquella del planeta donde se encontrasen, requiriendo una tasa se menos dos gs o pgs planetarios—uno exactamente contrario a la propia fuerza del planeta y uno que golpee contra él. Otros factores también entraban en el cálculo, más notablemente, era el vector de velocidad, ayudado por la propia rotación del planeta, que Bakori debía calcular como una función de latitud del área de lanzamiento. Una vez en el aire, la nave se encontraba sujeta a vientos impredecibles; Dev debía enfocarse completamente en los instrumentos para mantener fielmente su trayectoria.

A pesar de su advertencia hecha a Grgat, el peso extra lo sorprendió. Gimió un poco y tembló cuando su cuerpo fue presionado más profundamente contra los resortes de su sillón, pero no dijo una palabra; habiendo resuelto emprender esta aventura, no quería parecer un cobarde ahora que ya había pasado el punto de no retorno.

Había poco ruido en toda la nave mientras se levantaba de la llanura daschamesa, aparentemente sin mucho esfuerzo, a excepción del gruñido suave de Grgat y las ligeras vibraciones inevitables en las paredes. El silencio era engañoso, a pesar de ello. Las fuerzas involucradas en el levantarlos de la tierra estaban entre las más poderosas conocidas por el hombre —por eso Larramac consideraba el uso de la unidad como un arma contra los dioses.

Finalmente Bakori, monitoreando sus instrumentos, anunció que habían alcanzado una órbita satisfactoria. Dev asintió brevemente con su cabeza y alcanzó a eliminar el poder del impulso gravitacional.

El efecto fue instantáneo. La gravedad interior se cerró y la tripulación se encontró sin peso. Para los humanos, esto era rutinario; todos eran veteranos de innumerables vuelos espaciales anteriores y sabían qué esperar. Pero el cambio abrupto de tener demasiado peso a ninguno en absoluto era más de lo que Grgat podía manejar. De repente sintió desvanecerse y se retorció salvajemente en el sillón tratando de mantenerse firme. Terminó clavando sus garras fuertemente contra el cuero acolchado del asiento, abrazándolo contra su pecho con todas sus fuerzas.

Dev terminó rápidamente sus deberes inmediatos y se volvió hacia el asustado nativo. "Relájate, Grgat" le dijo al traductor. "Esto es perfectamente normal en el espacio. Se llama caída libre, y se tarda un poco en acostumbrarse. Una vez que te acostumbres a la ingravidez, serás podrás moverte libremente así."

Para demostrarle, salió flotando de su propio sillón y nadó sobre él boca abajo. El pobre daschamés la vio acercándose en un ángulo imposible y cerró los ojos para bloquear esa vertiginosa visión. Pero era demasiado tarde; su sentido del equilibrio —y su estómago— ya se habían ofendido. Con una serie de convulsiones, comenzó a vomitar su última comida.

Dev lo vio reaccionar ante este extraño nuevo ambiente. Sentía compasión por el pobre nativo y rabia por su propia estupidez. Debió haberse dado cuenta de cómo la caída libre afectaría a alguien como Grgat, quien nunca había oído hablar antes sobre ese concepto; debía haber tenido los equipos adecuados a la mano. Por supuesto, ella tenía problemas más grandes en los que ocupar su mente, pero debió haber previsto algo tan básico como esto y estar preparada para ello.

"Roscil, traiga la aspiradora y elimine esto del aire antes que llegue a los filtros." Ni ella ni ninguno de los hombres de la tripulación podían pasar mucho tiempo lejos del panel de control hasta que su órbita esté completamente estabilizada, por lo que no dudó en darle una orden al hombre que le pagaba su salario—y Larramac, en vista de la situación, obedeció puntualmente.

Puede ser muy comprensivo cuando quiere serlo, pensó Dev pensó exasperadamente. *¿Por qué tiene que ser tan malvado el resto del tiempo?*

Se aferró al brazo de Grgat mientras el alienígena seguía agitado. Tan pronto como estuvo firme, le dio una ligera palmadita y regresó a su propio sillón. Ella y Bakori comprobaron sus parámetros orbitales y realizaron ligeras correcciones; luego ajustó los escáneres de triangulación de la nave al ángulo más amplio posible y ajustó los controles de entrada del receptor de radio. Detrás de ella, Larramac volvió a entrar en la sala de control con el pequeño dispositivo de succión y lo utilizó para recoger los glóbulos del vómito de Grgat del aire.

Habiendo completado su tarea, Dev se separo suavemente del tablero de controles. "He ajustado nuestros receptores para supervisar una amplia banda de frecuencias de radio a medida que recorremos el planeta. A esta altitud, completamos una órbita una vez cada noventa y siete minutos y Dascham, por supuesto, gira bajo nosotros durante ese tiempo. Yo estimo que debe tomarnos aproximadamente cinco órbitas antes de que nuestros sensores puedan escanear todo el área a la que Grgat podría referirse a como noreste."

Garabateó sobre los mapas de Mercator de Dascham la proyección en forma de W del recorrido del *Foxfire* sobre la superficie del planeta. "Seguiremos monitoreando los instrumentos en todo momento. Si los marcadores del receptor muestran algo fuera de lo común, verificaremos las imágenes en la pantalla y haremos sonar la alarma. Bakori tomará las dos primeras órbitas; Roscil, tome las dos siguientes. Tomaré la quinta órbita. Si nada se muestra para entonces, consideraremos métodos alternos de detección.”

“¿Podemos tomarnos todo este tiempo?” preguntó Larramac. “Los dioses probablemente nos estarán monitoreando, y verán que no estamos desapareciendo hacia el hiperespacio como deberíamos. ¿No se preocuparán por nosotros?”

“Déjalos,” dijo Dev cansadamente. “¿Por qué los dioses no deberían preocuparse por los mortales de vez en cuando? Le hacen bien a sus almas, creo. En cuanto a mí, me gustaría tener por lo menos *un poquito* de descanso antes de comenzar nuestro intento de deicidio. Muy pronto, nos pondremos muy ocupados, y yo prefiero lidiar con eso teniendo mi mente clara. Dunnis, me gustaría que descansaras también—no dormiste mucho la noche anterior.”

Nadó hasta el fondo de la cabina y salió por la puerta antes de que Larramac pudiera decir algo para detenerla. Nada menos que el descubrimiento del Monte Orrork la sacaría de su cabina antes de su reloj, se prometió a sí misma—y esperaba fervientemente que la montaña estuviera escondida durante un rato más.

Dev estaba tan cansada que, a pesar de sus problemas, se quedó dormida apenas llegó a su hamaca. Su sueño duró unas cinco horas y media antes de que su alarma la despertara para prepararse para su turno de observación. Después de un intento precipitado por hacerse ver presentable, nadó hacia el puente. Larramac estaba de pie observando, como había le ordenado; ella lo relevó unos minutos antes y le dijo que descansara un poco. Arrojándose en su sillón, procedió a mantener los ojos en el dial que medía la entrada del receptor.

Sólo había estado observando unos minutos cuando oyó un ligero sonido detrás de ella. Se apartó un segundo del tablero para mirar en la dirección del ruido.

Grgat, quien había estado en la cabina de Zhurat, estaba regresando al puente. El nativo todavía estaba inseguro acerca de sus movimientos en caída libre; se aferraba a las paredes y se movía muy lentamente, como si cada movimiento pudiera ser el último. Con infinito cuidado, avanzó hacia su sillón de aceleración y se extendió sobre él. Intentó sujetarse el con cinturón, pero sus manos no eran aptas para usar las hebillas.

Dev soltó sus propias correas, nadó rápidamente para ayudarlo a sujetar las suyas, luego volvió a su propio sillón. La maniobra tomó menos de diez segundos.

Grgat le gruñó algo. Sin apartar sus ojos del dial, Dev alcanzó su casco, se lo puso y lo puso en función "Traducir." "Por favor repite, no capté lo que dijiste."

"Dije que debemos parecer estúpidos en comparación con ustedes, y muy indefensos."

"En lo absoluto. Para ser alguien que nunca había oído hablar sobre caída libre hasta hace sólo unas horas, lo estás haciendo bien."

"Le debo muchas gracias por su amable trato. Tenía derecho de matarme cuando me acerqué, supongo, pero no lo hizo. Usted se negó a entregarme a los dioses, y ahora está dispuesta a luchar contra ellos por mi causa."

Dos de tres no está mal, Dev pensó, pero no dijo nada.

"No le teme a los dioses, ¿o sí?" preguntó Grgat.

"No es miedo exactamente. Digamos que los respeto, como puedo respetar a un cuchillo o a un animal peligroso. Tienen el poder de hacer mucho daño, o incluso matarme. Todo es una cuestión de cómo los manejes."

"Y tampoco le teme a los demonios." Era más una afirmación que una pregunta.

"No lo sé. Nunca he conocido a ninguno de ellos. Prefiero reservar mi opinión hasta que sea necesario."

"¿En cuáles dioses creen los humanos?"

Dev inhaló profundo y exhaló lentamente. "Puedes escogerlo. En estos días, la mayoría de los humanos creen que hay una fuerza mística que se extiende a través del universo, un sobre-ser cósmico en sintonía con la conciencia individual. Se personifica como Espacio, porque está alrededor, y puede tener los atributos que uno piensa que son convenientes en el momento. Incluso dentro de los rangos de los feligreses hay divisiones, a pesar de ello. Algunas personas se apegan las leyes naturales básicas y dicen que Espacio impone el orden en el universo. Otros se apegan a la entropía—es decir, la tendencia a que todo se desgaste—e insisten en que

Espacio se opone a todos los intentos de orden en formas sutiles. Y hay todas las variaciones entre ambas.

Luego están las religiones minoritarias. Por ejemplo, Lian Bakori, nuestro astrogador, es un Neo-Budista. Él siente que el mundo real que vemos a nuestro alrededor es un engaño, que nuestras almas habitan en otro plano por completo. Para no caer en este engaño, ellos siguen el principio de la Participación Mínima, es decir, tratan de tener el menor contacto posible con la realidad, con la esperanza de acercarlos al estado de nirvana, que es un escape total del engaño."

Le sonrió al nativo. "En ningún lugar cercano está tan claro y simple como lo tienen aquí en Dascham. De alguna manera, deberías estar agradecido—ustedes nunca han tenido guerras religiosas, cruzadas, jihads—"

"¿En cuál de esas religiones cree usted?" preguntó Grgat.

Dev mojó sus labios. ¿Cómo podría ella explicar la profundidad de la filosofía en la que ella había sido educada a un nativo que, aunque lejos de ser estúpido, no era sofisticado en tales asuntos? Incluso la abrumadora mayoría de los seres humanos no entendía el régimen que gobernaba a Eos.

"No sigo ninguna de esas dos creencias," comenzó. "Hace como doscientos cincuenta años hubo un filósofo llamado Anthropos, que significa "hombre" en uno de nuestros antiguos idiomas. Su teoría era que no importaba si existían deidades externas o no, porque todos los seres humanos—o realmente, todas las criaturas pensantes—poseen un dios dentro de sí mismas. Este no era un pensamiento original de él; virtualmente todas las demás religiones lo han mencionado de una forma u otra. Pero Anthropos fue el único en enfatizar eso.

Para Anthropos, lo que sucede adentro de la mente de una persona es mucho más importante que cualquier otra cosa. Una persona que está en paz consigo misma tratará de una manera mucho más efectiva con el universo. Una persona debe ser "sana"; en otras palabras, debe considerar todas sus acciones, sopesar todas las posibles consecuencias, y luego asumir la responsabilidad por ellas. No es realmente una religión, sino una filosofía de vida. Sólo creemos en nosotros mismos y en lo que experimentamos. Si experimentamos dioses—como lo hice aquí— entonces creemos en ellos. Si no, mantenemos nuestra mente abierta hasta que lo hagamos."

"Creo que entiendo," dijo Grgat dudosamente.

"La teoría básica es muy simple," dijo Dev. "Es la aplicación práctica lo que suele salirse de nuestras manos. Los seguidores de Anthropos se establecieron en un planeta llamado Eos para tratar de establecer sus políticas en una sociedad completa. Dentro de sus parámetros, parece funcionar tan bien como cualquier otro sistema, pero tenemos problemas cuando nos mezclamos con forasteros. Porque nos concentramos en el individuo, y en la responsabilidad individual de cada persona separada, nos llaman egocéntricos, esnobs, acomplejados—"

Se interrumpió repentinamente mientras las agujas en el dial saltaban alarmantemente. Se volvió hacia la pantalla y se quedó mirando la imagen que acababa de llegar a la vista. "Allí está." No hubo ningún triunfo particular en su voz, sólo una afirmación fría y sucinta. Con una mano, se acercó para grabar lo que la pantalla estaba escaneando, mientras con la otra encendía el intercomunicador para que se oyera en todas las cabinas de la nave.

"Ahora estamos pasando sobre el Monte Orrork," anunció como una guía turística mostrando sitios de interés. "No puede ser un error—todo está allí abajo." Apagó su intercomunicador de nuevo, confiando que Larramac, por lo menos, estaría al control de la cabina dentro de dos minutos.

El propietario de la nave batió su predicción por casi treinta segundos. El Monte Orrork continuaba en la pantalla, sólo saliéndose de la imagen su parte inferior. Larramac se quedó mirando con asombro. La montaña estaba lejos de cualquier otra cosa, no era parte de una serranía, ni siquiera encajaba con el paisaje general. Estaba saliendo de una llanura plana como un grano gigante en la cara de Dascham. No podían calcular su altura inmediatamente desde este ángulo, pero tenía que ser por lo menos un kilómetro y medio a través de su base.

Larramac no había dicho ni una palabra desde que entró a la sala, por lo que Dev decidió romper el silencio. "Por supuesto, no puedo ser del todo positiva de que ese sea Orrork; los dioses pueden estar utilizando otras montañas como estaciones repetidoras—"

Larramac hizo a un lado los tecnicismos de Dev. "Esa es, lo sé. Mi intuición me lo dice."

"Es bueno ver que su intuición está de acuerdo

con la mía para variar." Dev sonrió.

Larramac notó su expresión facial y la devolvió. "Tiene una linda sonrisa, Dev. Debería hacerlo con más frecuencia."

"Gracias. Debiera darme menos problemas y quizás lo hiciera." Regresó al intercomunicador y convocó a los otros dos tripulantes al puente. Bakori y Dunnis estuvieron allí durante otros cinco minutos y Dev reprodujo la escena del Monte Orrork pasando bajo ellos. Bakori, como era usual, estaba estoico, pero Dunnis estaba bastante asombrado. "Es una gran montaña. ¿Vamos a atacar eso?"

"Eso lo decide nuestro jefe," dijo Dev, y sus ojos miraron a Larramac.

La dulzura que estuvo en la cara del propietario hacía escasos momentos se desvaneció, reemplazada por una avaricia dura que hizo que Dev se sintiera ligeramente mareada. "Maldita sea", dijo Larramac. "Una montaña es una montaña por lo que a mí respecta."

Creo que no has conocido demasiadas, pensó Dev, pero se reservó su opinión. "De acuerdo, tenemos una órbita que calcular. Ya he establecido las coordenadas planetarias de la montaña en la computadora. Astrogador, necesito un camino de descenso que aterrice nuestra cola en la parte superior de la misma. Quiero entrar rápido en un ángulo de baja aproximación, manteniendo el cuerpo del planeta entre la montaña y nosotros hasta el último momento que sea posible. Cuanto menos tiempo tengan para vernos venir, menos oportunidades tendrán de reaccionar. Otra característica de la órbita: el retrofuego fuera de nuestra órbita actual también debe venir cuando estemos fuera de su línea de visión. ¿Puedes hacer todo eso?"

Bakori asintió. "Sólo tomará algo de tiempo, es todo."

"Bien, no vamos a precipitarnos. Recorreremos otra órbita completa mientras usted hace el trabajo. Mientras tanto, Ingeniero, necesito que todos los sistemas funcionen a la perfección. Podrían intentar lanzar algunos rayos en dirección a nosotros mientras nos acercamos a ellos, y necesito que podamos estar estables ante cualquier movimiento fuerte, ¿entendido?"

"Entendido, capitana." Dunnis asintió con su gran cabeza peluda y se preparó para trabajar verificando sus sistemas.

El silencio reinaba en la cabina. Por el momento, Dev no tenía nada que hacer; su única responsabilidad era verificar que ambos subordinados lleven a cabo sus funciones de manera adecuada. Cuando terminaron de darle las respuestas, comenzaría su turno de llevarlas a la práctica—y las vidas de todos ellos penderían de un hilo. Nadie sabía eso mejor que ella.

Finalmente Bakori anunció que tenía la órbita lista en el computador de la nave. El retrofuego estaría en dieciséis minutos. Dunnis habló un par de minutos después, diciendo que la nave estaba en buena forma como siempre.

Dev respiró hondo y exhaló lentamente. Apretó las palmas de sus manos en un gesto de oración y las colocó debajo de su barbilla. Con los ojos cerrados, recurrió a algunos recursos internos que los demás no podían adivinar. Cuando abrió sus ojos otra vez y extendió sus manos frente a ella, no había un rastro de temblor en sus dedos y sus ojos tenían una profundidad fría y calculadora para ellos.

"Si cualquiera tiene que ir al baño," entonó, "Le sugiero que lo haga ahora."

Como se vio después, todos lo hicieron.

"Estaremos trabajando de nuevo bajo condiciones de gravedad," le informó Dev a Grgat a disponerse nuevamente en la sala de controles. Restaban menos de dos minutos antes del retrofuego programado. "Al aterrizar primero con la cola, no podremos ir directamente hacia abajo, como subimos directamente cuando despegamos—el aire nos quemaría. En lugar de eso, deberemos movernos en espiral a través de la atmósfera bajo vuelo controlado, de modo que vayamos deslizándonos gradualmente. ¿Lo comprende?"

"Creo... eso creo," dijo el nativo, pero la duda en su voz y el brillo de desconcierto en sus ojos hizo que Dev dudara de sus palabras.

"Bueno, olvídalo. Sólo toma en cuenta que pesarás igual que siempre por un rato."

"Eso sería un alivio," murmuró el daschamés. No le gustaba en lo absoluto la caída libre.

Dev observó el cronómetro en el tablero frente a ella para marcar los segundos, en el momento adecuado, para activar el interruptor para el retrofuego. La aceleración interna sólo era un pg, pero a pesar de ello, luego de muchas horas de falta de peso, era un sentimiento pesado y mayormente desagradable.

El *Foxfire* se alejó lentamente hacia la superficie. Primero, había pocas tareas para Dev; la nave estaba comprometida con su curso y la atmósfera por la que viajaban era todavía tan fina que no había turbulencia notoria. Pero al cabo de veinte minutos comenzaron a encontrarse con corrientes cruzadas, y el trabajo de piloto de Dev realmente empezó. Era un asunto delicado, mantenerse erguidos mientras caían con toda la gracia de una roca.

Dev sabía que Larramac, por toda su jactancia, nunca hubiera podido manejar esto. Por muy hábil que pudiera ser con un avión, las diferencias aerodinámicas entre eso y una nave espacial eran abrumadoras. Los aviones tenían alas, y fueron diseñados para cooperar con las corrientes de aire, utilizándolos para la flotabilidad. Las naves espaciales tenían forma de bala, debido al descubrimiento de que el hiperespacio era un medio viscoso; se simplificaron para pasar a través de hiperespacio con mínima resistencia, sino que simplemente toleraban condiciones atmosféricas. Se mantenían erguidas por giroscopios y muy ocasionalmente, disparos cortos de propulsores estabilizadores laterales.

Las maniobras atmosféricas eran algo que el capitán de cada barco odiaba, pero era la parte más esencial de sus deberes. Cualquier idiota a medio entrenar con un astrogador e ingeniero hábil podría guiar una nave a través del hiperespacio; pero aterrizar bien era un arte que comparativamente pocos podían dominar.

Mientras sus manos jugaban a través del panel de control en gran parte por el tacto, Dev mantuvo sus ojos sobre sus instrumentos—particularmente el cronómetro. Se acercaban rápidamente al punto en el que llegarían al Monte Orrork, lo cual los haría visibles para los dioses. A partir de ese momento, estarían en constante peligro, un objetivo cada vez más cercano al barril de armas desconocidas.

"Punto de horizonte", anunció finalmente. "Ahora tienen una línea directa de fuego para nosotros si quieren, y no tenemos nada que devolverles durante ocho minutos y medio. Estarán lo suficientemente cerca para conseguir los efectos de nuestro arranque. Sólo podemos esperar que estén demasiado sorprendidos para actuar mientras tanto."

Al tiempo que el sonido de su voz se apagaba, un silencio descendió sobre la sala de controles. Las manos de Dev se mantenían cerca de los interruptores de alimentación. Si los dioses decidieran practicar con objetivos, ella necesitaría estar lista para moverse en cualquier dirección conveniente, especialmente hacia arriba. Independientemente de las amenazas de intimidación de Larramac, estaba preparada para correr si los dioses montaran un contraataque serio antes de que el *Foxfire* pudiera arrancar. Dejémosle despedirla entonces—sería infinitamente preferible antes que morir en una nave espacial destrozada. Y tal vez por ese momento Larramac vería lo desesperada que realmente era su lucha realmente y se rendiría.

El Monte Orrork, a pesar de ello, permanecía

tranquilo. El tiempo se fue abajo después de la marca de cuatro minutos, y todavía los dioses no habían reaccionado. Cada humano en la sala de controles, incluso Dev, estaba sudando, a pesar de la temperatura cómodamente fresca. Solamente Grgat no parecía visiblemente afectado por la tensión, pero entonces—no podía apreciar plenamente los peligros de la situación.

Deben haber visto que nos acercábamos, sabía Dev. *Debieron haber calculado nuestra órbita y saben que bajaremos sobre ellos. Utilizan impulsos gravitacionales para sus ángeles, así que saben lo que nuestro arranque puede hacer. ¿Por qué esperan?*

Por supuesto, era posible que Larramac tuviera razón, que simplemente sabían que no tenían armas capaces de defenderse contra una nave espacial. Pero incluso si los dioses eran descendientes de un ejército derrotado en una guerra espacial, lo primero que hubieran hecho al establecer una base sería asegurar su propia defensa contra futuros ataques; una subyugación de nativos tendría una prioridad mucho menor.

Posiblemente el tiempo era un factor. Si los dioses hubieran estado aquí el tiempo suficiente, podrían haber desmantelado sus defensas cuando se hizo evidente que ya no eran necesarias. Por otra parte, las armas podrían haber fallado después de un período tan largo de desuso; tal vez incluso ahora los dioses estaban disparando desesperadamente contra el *Foxfire* sin ningún resultado.

Dev no podía permitirse esperar eso, a pesar de ello. Al fin y al cabo, los dioses no estaban seguros de cuáles armas tenía el *Foxfire*; la explicación más probable era que estaban evitando abrir fuego hasta que estuvieran seguros de que podrían lograr un golpe directo en su primer tiro. No era un pensamiento reconfortante.

La guerra de los nervios llega inexorablemente hasta su momento crucial. "Un minuto para el punto" dijo Dev. "Prepárense para un vuelo lleno de obstáculos".

Estaban lo suficientemente cerca como para distinguir los detalles de la montaña. A Dev se le parecía más a un volcán a Dev que cualquier otra cosa, de forma cónica y afilada hasta formar un pico. No había señales de cráteres ni de ninguna actividad volcánica, y la cima de la montaña estaba cubierta de sahora.

Cerca de la cumbre, Dev podía distinguir un pequeño enjambre de figuras negras, reflejando ocasionalmente un poco del sol de finales de la tarde. *Los ángeles se reunieron para el Armagedón*, Dev pensó. *Saben que serán aniquilados si todavía están allí en otro minuto, así que deben tener algún plan en mente.* Sus manos estaban sobre sus controles, listas para cualquier cosa.

El ataque se produjo en un solo parpadear. Los destellos de luz surgieron de la ladera, casi quemando los ojos de Dev con su intensidad. La capitana se movió rápidamente. Primero utilizó una explosión corta de sus propulsores para golpear ligeramente de forma lateral; con la otra mano apagó las cámaras externas para que la pantalla que tenía frente a ella desapareciera. Necesitaba sus ojos para trabajar ahora mismo; ella no podía arriesgarse a recibir otro destello cegador de la pantalla.

Hubo un fuerte estallido que se sintió a través de las paredes de la nave. Las ondas de concusión de la explosión las sacudieron de lado a lado, agitándolas poderosamente. Dunnis gritó; el choque le había hecho morder su propia lengua y lo hizo sangrar.

Eso, en el momento, era una preocupación menor para Dev. El *Foxfire* estaba ahora demasiado cerca de la montaña para huir; los dioses no estaban lanzando sólo petardos. La única oportunidad que tenían era seguir adelante con su plan inicial y esperar sobrevivir el tiempo suficiente para completarlo. El *Foxfire* tuvo que oscilar sobre la montaña y matar esas armas con su arranque.

Su breve llama con los propulsores no había alterado seriamente el curso de la nave, simplemente había cambiado su inclinación lo suficiente para que la explosión fallara. Tenía un segundo o dos, a lo sumo, antes de que las armas volvieran a apuntarles y a dispararles nuevamente. Tenía que asegurarse de que el *Foxfire* fuese un blanco tan difícil como fuera posible.

Sus manos volaron sobre el panel de control. No tuvo tiempo para pensar en lo que estaba haciendo; cada movimiento debía ser instintivo. Ahora las horas que había pasado practicando y trabajando en tableros idénticos salieron a relucir y sus dedos adquirieron una vida propia. Diales e interruptores cedieron ante sus comandos, causando el caos deseado.

Los ocupantes de la nave se sentían presionados contra sus asientos con una fuerza de tres pgs mientras la nave repentinamente subía. La onda de choque de otra poderosa explosión los sacudió y en ese mismo instante, Dev cortó el campo gravítico completamente. La nave se convirtió repentinamente en un peso muerto, se desplomó hacia abajo, evadiendo el próximo rayo. Entonces Dev volvió a establecer la fuerza a un nivel reducido de medio pg, y la caída disminuyó. El tiro se produjo debajo de ellos esta vez.

Las acciones evasivas de Dev los habían salvado hasta ahora, pero los motores del *Foxfire* no estaban construidos para soportar tal tensión. Mientras sus dedos seguían trabajando a través del tablero, se dio cuenta de que la respuesta de la nave era cada vez más lenta. El *Foxfire* no podía mantener la velocidad con la que se movía, y empezaba una ominosa vibración.

"Ingeniero, necesito más control", gritó, pero Dunnis tenía sus propios problemas. El dolor de su lengua mordida había hecho que quitara sus manos momentáneamente de sus propios controles, y aunque trataba de mantenerse al día con las maniobras de Dev, estaba ligeramente confundido y dos pasos detrás de ella.

Hubo otra explosión, esta vez interna. Echando un vistazo al tablero del ingeniero mientras trataba de impulsar el suyo propio para que funcionara, Dev pudo ver que el generador número tres había explotado, reduciendo su poder en un treinta por ciento.

Su cronómetro marcó diez segundos hasta el punto de ataque. Si pudieran resistir al menos ese tiempo, tendrían la oportunidad de sacar las armas grandes. Pero todas sus maniobras habían afectado definitivamente su rumbo por ahora, y con la pantalla apagada no podía comprobar su progreso. Podrían estar volando demasiado bajo, y simplemente chocar contra la ladera. Podrían elevarse demasiado, o hacia un lado, y su arranque fallaría la montaña por completo. Dev miró hacia el panel del astrogador, pero los números que estaban cambiando constantemente en esas pantallas de lectura parecían borrosos e indistintos. Por más que intentara, no podía obligar a su cerebro súper activado a interpretarlos en términos reales.

Tenía sólo su instinto de piloto para guiarla, y ese instinto le decía que era una sombra demasiado baja, que la nave estaba a punto de tocar el la cima del pico. Giró el interruptor para lograr más poder, con la esperanza de que hubiera suficiente energía para obedecer este último comando. La gravedad interna se atrapó a todos y los sujetó con fuerza. A pesar de que la sensación era totalmente imaginaria, parecía que ella podía sentir la nave empujarse hacia arriba sobre la cima.

El punto de ataque fue alcanzado, y por un segundo hubo silencio. Dev parpadeó dos veces en rápida sucesión. "Creo que podemos tener—"

Entonces sobrevino una explosión y todo se obscureció.

CAPÍTULO 7

Un pesimista es sólo alguien que carece de imaginación para ver la respuesta a su problema.
—Anthropos, *La Mente Sana*

Dev sintió como si ella y la nave se hubiesen integrado como un cyborg; había tal unidad entre ellos que la repentina falta de poder parecía casi como una muerte personal. En el mismo instante, la gravedad artificial desapareció, para ser reemplazada por una sensación de ingravidez en la boca de su estómago. Esta no era la honesta caída libre del espacio, sino la verdadera sensación de caída. El *Foxfire* se retorcía y se precipitaba hacia una cita con la superficie dura de Dascham.

No podía ver, pero eso no significaba que no pudiera actuar. Ardeva Korrell había trabajado mucho para sobresalir en su trabajo; conocía su tablero por el tacto. En un instante había restaurado la unidad, pero eso parecía hacer poco bien. La nave se había enterrado en la montaña con tal fuerza que dominaba los motores. El impacto azotó los cuellos de los tripulantes hacia delante. Sus cuerpos se tensaron contra las correas que los sostenían, y Dev sintió que estaba siendo cortada en dos por el cinturón de seguridad a mitad de su cuerpo. Dev sintió el aire forzado de sus pulmones, y perdió la conciencia temporalmente.

Sus pensamientos mientras volvía en sí de nuevo estaban turbios al principio: un revoltijo de pánico ante la situación desconocida a la que se enfrentaba, y el alivio de que todavía estuviera viva. La oscuridad que la rodeaba era absoluta, y tenía que luchar contra el miedo instintivo a la ceguera que amenazaba con abrumarla. Un recuerdo de cuando ella tenía cuatro años volvió a ella: se había despertado de una pesadilla para encontrar la habitación completamente oscura. Comenzó a llorar, lo que despertó a los otros niños en el dormitorio y empezaron a llorar también. Incluso después de encender las luces, los padres tardaron media hora en calmar a los niños asustados.

Curiosamente, pensar en su antiguo miedo le ayudó a calmar su mente. *Ya no soy una niña que le teme a lo desconocido*, razonó. *Es cierto, ahora estoy en peligro más que entonces, pero tengo un arma para combatirlo. Una mente sana es la mejor fuerza.*

Su respiración se hizo más regular mientras aplicaba su mente a la situación actual. Su sentido de la vista le fue negado temporalmente, pero ella tenía otros sentidos. Había una sensación de gravedad tirando de ella, con el sillón a su espalda "hacia abajo". A pesar de ello, en la forma en que su cuerpo había sido arrojado por el impacto de la nave contra la montaña, se habían estrellado contra la nariz de la nave. Con los motores gravitacionales empujándolos a lo largo, debieron haberse acuñado firmemente en esa posición, por lo que "abajo" *debía* estar delante de ella, no en la espalda. A no ser que…

Abrió sus oídos para escuchar a través de la oscuridad. Había pequeños sonidos de respiración a su alrededor, indicando que por lo menos algunos de sus compañeros habían sobrevivido al choque. Además de eso, la nave estaba muy silenciosa. Aunque pudo captar un débil gemido desde la parte trasera, un gemido que indicaría que los motores seguían trabajando. Si eso fuera cierto, explicaría la atracción gravitacional dentro de la nave. No importa cuál sea su orientación en relación con el universo exterior, el impulso gravitacional mantenía su propia orientación dentro de la nave. Según todo lo que Dev sabía, el *Foxfire* podía equilibrarse en el punto de su nariz, pero mientras los motores estaban en marcha, "abajo" seguiría siendo la dirección de la cola de la nave.

Esa conclusión alivió algunos problemas en su mente. Si todavía había energía para hacer funcionar los motores, entonces también habría energía para hacer funcionar otros sistemas. El hecho de que las luces habían fallado sólo significaba que los circuitos principales se habían quemado. Había copias de seguridad que Dunnis debía haber podido activar desde su puesto, pero todo había sido tan caótico en ese momento que Dev apenas podía culparlo por su fracaso. Dunnis era un ingeniero competente cuando se le permitía trabajar a su propio ritmo; simplemente no era un hombre en quien confiar instantáneamente en caso de una emergencia.

"¿Todos los demás están bien?" llamó.

Primero no hubo respuesta, pero después, un gemido en voz baja salió desde su derecha. "Dunnis, ¿es usted?"

Más ruidos indefinidos y después un afilado jadeo. "¿Qué? No... ¡No puedo ver!"

"Las luces están apagadas," respondió Dev rápidamente, intentando contrarrestar el pánico ingeniero con una voz tranquila y una explicación lógica. "Los motores están funcionando, a pesar de ello, así que al menos tenemos energía de emergencia. ¿Puede hacer algo para cambiar a modo auxiliar?"

"No... No estoy seguro. No puedo ver mi tablero." La voz de Dunnis seguía débilmente histérica, su respiración todavía un poco ardua.

Dev se desprendió de su sillón y se puso de pie lentamente. Sus rodillas estaban aún un poco temblorosas y tuvo que inclinarse hacia atrás por un segundo para apoyarse contra el sillón. Cuando estuvo segura de su firmeza, dio un paso hacia el sillón de aceleración de Dunnis y colocó una mano ligeramente en su hombro.

"No hay por qué preocuparse" dijo ella en tono suave y aprobador. "Usted sabe cómo es su tablero, ¿no? Apuesto a que lo ha visto un millón de veces."

"Por lo menos" respondió Dunnis con una débil sonrisa. El tono relajante de Dev tenía el efecto deseado; los residuos de pánico lo abandonaban.

"No estoy tan familiarizado con tu tablero como

lo estoy con el mío, pero según recuerdo, los interruptores internos de los sistemas auxiliares están más hacia el lado derecho, ¿no?"

"Sí, a medio camino, justo encima de los diales que dan las lecturas de potencia interna."

"Bien. ¿Qué tal si intenta alcanzarlos y encenderlos para que podamos ver lo que estamos haciendo aquí?" El ingeniero dudó, así que Dev aplicó un poco más de fuerza. "Adelante, intente alcanzarlo. Confíe en su mano, probablemente conoce la forma mejor que sus ojos."

Ella podía sentir a Dunnis inclinándose hacia adelante, de manera lenta e insegura. Hubo un chasquido de un pequeño interruptor—y repentinamente la habitación se llenó de luz.

Dev casi gritó ante la intensidad del fulgor después de tantos minutos de color negro. Cerró fuertemente sus párpados contra el brillo y los estrujó lentamente. Después de medio minuto, se sintió más preparada para volver a abrirlos, aunque todavía estaban llorando copiosamente.

El lado derecho de la sala de controles parecía estar en buenas condiciones, pero el lado izquierdo era un desastre. La pared de la nave se había deformado pero aparentemente, no estaba roto. El sillón de aceleración de Larramac, que estaba en la extrema izquierda, había sido arrancado de su posición anclada y estaba golpeado contra la pared trasera al otro lado. El propietario de la nave estaba todavía atado en estado inconsciente, su sangre emergía lentamente de un pequeño corte a lo largo de su sien izquierda.

Lian Bakori no tuvo tanta suerte. El golpe que

recibió la pared fue justo donde él estaba, empujando su tablero de controles contra su cuerpo. Afortunadamente se había estrellado contra su pierna izquierda en lugar de en su abdomen, por lo que el hombre aún viviría. Pero, por la forma en que la consola estaba clavada contra él, Dev podía adivinar que su pierna estaba destrozada, y estaba segura de que los controles de astrogación habían sufrido un destino similar.

Mirando hacia atrás a la derecha, pudo ver que Grgat también estaba frío, dejando todo en manos de ella y Dunnis. Afortunadamente, el ingeniero era grande y musculoso.

"Vamos" le dijo Dev. "Ayúdeme a sacar a Bakori de ese desastre."

Trabajando tan suavemente como pudieron, la pareja logró sacar a Bakori de su sillón de astrogación y lo colocaron en el piso. A pesar de su cautela, fue una suerte que el astrogador hubiera perdido la conciencia, o sus intentos por sacar su pierna destrozada lo habrían hecho gritar de dolor. Tan pronto como estaba libre, Dev verificó a su jefe. El corte en la frente de Larramac era superficial, había sangrado profusamente. Grgat no mostró ningún signo exterior de daño en absoluto; la impresión y el miedo, suponía Dev, eran lo que lo mantenían inconsciente.

Dejando a Dunnis al cuidado de sus pacientes, Dev fue hacia el pequeño dispensario y sacó el botiquín de primeros auxilios. La nave estaba equipada con un medichest, que podría hacer automáticamente casi cualquier cosa que un médico humano podría; eventualmente, ella sabía, que

Bakori tendría que ser colocado allí para tratar de curar su pierna izquierda destrozada. Pero ahora mismo, con la situación tan incierta como era, no podía permitirle a su astrogador ese lujo. Podría requerir varias semanas curar la pierna de Bakori, y tal vez no tengan esas semanas de sobra.

Al volver al puente, le inyectó un analgésico al astrogador; eso tendría que bastar por ahora. Luego se dirigió hacia Larramac y limpió su herida. Las pestañas del propietario comenzaron a moverse cuando Dev envolvió un vendaje alrededor del apósito. El hombre miró fijamente hacia delante durante varios segundos antes de que sus facultades completas volvieran. "¿Cómo nos fue?" le preguntó a su capitana.

"No peor que el segundo mejor," respondió Dev tajantemente . "Pero seguimos vivos, lo que es una consideración importante en sí misma. La nave sigue funcionando, a pesar de ello estamos en el poder auxiliar para las funciones internas. Aparte de eso, no he tenido tiempo para comprobarlo. No lo haré por un rato."

Larramac parpadeó un par de veces y luego levantó una de sus manos con debilidad. "Escuche."

Dev lo hizo. "No escucho nada," dijo después de varios segundos.

"Sólo es eso. No hay más explosiones. No nos están disparando."

Él tenía un punto, a pesar de ello, era débil. "Tampoco los he escuchado servir te y galletas. Por ahora estoy jugando al doctor, cuando termine con eso, continuaré en mi papel de estratega."

Dejó a su jefe y regresó al más malherido

Bakori. Con la ayuda de Dunnis, hizo una férula cruda y la ató a la pierna lastimada. El astrogador tenía los ojos abiertos, pero el fuerte analgésico que Dev le había dado dejó, lo dejó completamente dopado. Dudaba que estuviera plenamente consciente de cualquier cosa en el mundo real durante varias horas.

El quinto miembro de su equipo, Grgat, seguía inconsciente. Dev no sabía qué hacer con él. Los estimulantes que podrían funcionar en un ser humano podrían concebiblemente matar a un daschamés. Puede haber alguna reacción catártica dentro del sistema nervioso del daschamés que lo obligaba a quedarse inconsciente para recuperarse del shock. Simplemente no había suficiente información disponible sobre estos nativos para que ella lo dijera. Decidió que, por el momento, pudiera dejar que Grgat duerma; hasta que ella supiera mejor en qué situación se enfrentaba, ella no necesitaría de su ayuda.

Ahora, a pesar de ello, había llegado el momento que temía y no había manera de postergarlo más. "De acuerdo, Gros," suspiró, llamando al ingeniero por su nombre de pila, "vayamos a las malas noticias ahora. Realice un chequeo completo sobre el estado de todos los sistemas a bordo de la nave para que sepamos cómo estamos. En cuanto a mí, voy a echar un vistazo afuera."

Volvió a su tablero y activó la pantalla. La cámara número uno no funcionaba; estaba del lado de la nave que se había estrellado contra la montaña, y Dev esperaba que estuviera inoperante. Con mucho más nerviosismo de la que mostró exteriormente, cambió a una vista desde la cámara dos.

La situación era tan mala como ella temía. El *Foxfire* había estrellado su nariz primero en Monte Orrork, a medio camino de la pendiente. El ángulo de la cámara hacía difícil verlo, pero de la evidencia interna Dev supuso que todo lado de la nave estaba abollado. Incluso si estuvieran apuntando hacia el cielo, Dev habría vacilado en despegar; dudaba de que ese lado sería hermético en cualquier caso.

Por supuesto, no estaban apuntando hacia el cielo, y probablemente nunca lo estarían. Su nariz estaba firmemente acuñada entre la roca y suciedad que era el Monte Orrork.

El *Foxfire* nunca saldría de la superficie de Dascham.

Se sentó frente a la pantalla durante varios minutos, dejando que las alternativas se deslizaran pacíficamente por su cabeza. Parecía que no tenía sentido apurarse en otra cosa.

La voz de Dunnis cortó su ensueño. "No se ve bien, capitana. Los motores son un drenaje principal, pero podemos continuar indefinidamente con la energía auxiliar. Los instrumentos de astrografía están afuera casi totalmente—supongo que ya usted sabía—y también la mayoría de las otras funciones de la computadora. El soporte vital se sostiene a sí mismo, pero es independiente de todo. Tenemos dos generadores destruidos—sería posible repararlos con lo que tenemos a la mano, pero no puedo prometer nada."

"No se preocupe," dijo Dev débilmente y luego se forzó a salir de su estado apático. "¿Qué hay de la radio?"

"No hay problemas allí, ¿pero a quién llamaremos? ¿A los dioses?"

Los labios de Dev formaron una sonrisa que se desvaneció tan rápido como apareció. "No, creo que es un poco tarde para las oraciones y la redención. Sólo pensé que debía preguntarlo. Debo tomar todo en cuenta."

Se dio la vuelta hacia Larramac, quien se había apoyado en sus codos y la miraba con interés. Ella le explicó su situación lo más sucintamente posible. El rostro de Larramac cayó, y parecía tan avergonzado como un niño con la mano atrapada en el frasco de galletas.

Parecía como si estuviera a punto de decir algo, posiblemente pediría una disculpa, pero Dev lo interrumpió. "Lo que debemos hacer ahora", dijo, "es considerar todas nuestras alternativas. Déme unos minutos para formular mis pensamientos."

Se volvió hacia la pantalla frente a ella y, por curiosidad, pasó a la vista de la cámara número tres. Desde el ángulo en que estaban, esta cámara estaría apuntando cuesta arriba a lo largo de la ladera; tal vez daría alguna indicación de lo que los dioses estaban haciendo mientras los humanos se sentaban aquí, atrapados.

Un enjambre de formas oscuras daba vueltas en el aire por encima de ellos. Aumentando la magnificación de la cámara, Dev pudo ver que eran ángeles, unos cincuenta de ellos, deslizándose por el cielo como halcones esperando a que su presa cometiera un pequeño error antes de comenzar su fatal golpe. Por un segundo, Dev se preguntó por qué se quedaron tan lejos en lugar de atacar; con la concentración de poderes a su disposición, podrían probablemente romper el casco del *Foxfire*.

Entonces se dio cuenta de toda la situación. El *Foxfire* tenía su cola hacia arriba con los motores encendidos. El arranque del impulso gravitacional seguiría funcionando. Los ángeles se movían probablemente apenas fuera de los límites efectivos del campo, esperando una abertura. Si Dev apagara los motores, los ángeles bajarían para terminar el trabajo que habían comenzado.

Dejando que ese hecho a fuego lento en el fondo de su mente por el momento, Dev se dio la vuelta para hacer frente a Dunnis y Larramac una vez más. "Tenemos dos alternativas básicas" empezó. "La primera es sentarnos aquí y esperar ayuda. Partes comerciales humanas vienen aquí de vez en cuando, como lo hicimos nosotros; puede haber otra dentro de pocos meses, y tenemos suficientes suministros para permanecer durante ese tiempo. Podríamos pedirles que nos recogieran."

"Eso es *asumiendo* que vengan antes de que nos quedemos sin suministros," dijo Dunnis con tristeza. Evitaba mirar a Larramac.

"También es asumiendo que los dioses les permitan rescatarnos," dijo Dev. "Después de nuestra pequeña aventura hoy, dudo que se tomen a bien a cualquier comerciante que se presente. Probablemente esperen a que los comerciantes aterricen para luego emboscarlos inesperadamente, sin darles la oportunidad de defenderse."

"Podríamos advertirles mediante la radio," dijo el ingeniero.

"Por eso pregunté por la radio," asintió Dev. "Pero nuevamente, eso es sólo asumiendo que los dioses estén de acuerdo. Bloqueamos las transmisiones de sus insectos; ellos podrían también bloquear nuestras transmisiones también." Sacudió su cabeza. "No, inclusive si otro grupo de comercio llegase a tiempo, no creo que podremos contactar con ellos."

"Eso elimina su primera alternativa," dijo Larramac con tranquilidad. "Sólo le deja la segunda. ¿Cuál es...?" Aunque su tono indicaba que ya la sabía, tuvo la cortesía de preguntar.

Dev suspiró. "Proseguiremos con nuestro ataque. Tras nuestro ataque no provocado, no podríamos esperar paz de los dioses; ya nos han dado amplias pruebas de que nunca perdonan algo. A la primera oportunidad que tengan, tratarán de matarnos."

"Han estado muy tranquilos desde que nos estrellamos. Posiblemente crean que ya estamos muertos," sugirió el propietario de la nave.

Dev hizo un gesto de negación con su cabeza. "Lamento decir que está equivocado. Nuestros amables anfitriones nos han estado vigilando constantemente. . Es cierto, sus grandes armas anti-naves espaciales han estado en silencio. Puedo pensar en dos posibles razones. Una de ellas es que realmente pudimos hacer daño durante nuestro paso por la montaña, y ya no tienen esa arma a su disposición. El otro es que podríamos estar situados en un ángulo por debajo de su rango efectivo. No les importaría en lo más mínimo que pudiéramos estar muertos aquí dentro; si tuvieran la potencia de fuego, destruirían nuestra nave sólo para asegurarse. El hecho de que no seamos sólo partículas de polvo esparcidas sobre la faz de la montaña demuestra que están en alguna desventaja."

"Un punto a nuestro favor," comentó Larramac.

"Pero uno pequeño. Como mencioné, los ángeles están dando vueltas por allí. Lo único que los mantiene a raya es el arranque de nuestra unidad, que todavía está encendido. Tan pronto como lo apaguemos, estarán pululando aquí sobre nosotros."

"Pero entonces estamos atrapados aquí," protestó Dunnis. "No podemos irnos de la nave mientras el campo esté encendido, o también nos achicharrará. Y si no podemos irnos de aquí, no podremos atacarlos de nuevo."

"Ese *es* un problema" admitió Dev, asintiendo ligeramente. "A pesar de ello, no es imposible resolverlo. Podríamos intentar distraerlos. Si suponiendo que por un minuto pudiésemos salir, la pregunta entonces se convertiría en, ¿hacia dónde vamos? Y eso, a su vez, me lleva a otra pregunta de igual importancia."

Se volvió hacia su empleador. "Es hora de dejar de ser tímidos, Roscil. Será mejor que me cuente sobre esas armas que tiene escondidas en la bodega."

Larramac parecía aún más enojado que antes, y se aclaró la garganta conscientemente. "Sí, yo, eh, iba a hablarle sobre eso. Originalmente, sólo quería hacer una parada rápida en Dascham durante una semana en nuestro camino a Brobinden. No sé si alguna vez ha oído hablar de ellos, pero allí hay una guerra."

"Y usted pensó que sólo los ayudaría, ¿no es así?"

De cualquier manera, Dev no lograba disimular un destello de asco en su voz.

"¿Por qué no? Yo no empecé la guerra, pero si están decididos a matarse unos a otros lo harán así les venda armas o no. ¿Por qué no debería sacar provecho?"

"¿Es usted adepto a alguna de las partes, o se lo vendería a todos los bandos por igual?"

"¡Usted es un infierno para hablar!" rugió Larramac hacia ella. "Ustedes los eoanos siempre dicen estar por encima de la moral, todo el mundo sabe eso. Es tan buena que puede hacer lo que quiera, por favor."

"¿Eso es lo que todo el mundo sabe?" gritó Dev en respuesta. "Bueno, todo el mundo está equivocado. No estamos por encima de la moral. Estamos más allá de ella."

"No veo la diferencia."

El efecto limpiador de la ira había lavado su sistema, purificándolo de la amarga frustración que sentía por la "muerte" —o por menos, incapacidad mortal— de su nave. Gritarle a Larramac le había hecho bien, pero no quería dejarse llevar por algo demasiado bueno. Contuvo sus emociones una vez más y forzó su voz a un tono más llano.

"La diferencia es sutil, pero está ahí. Anthropos veía la moral como un conjunto de normas arbitrarias impuestas por la sociedad a sus miembros menos maduros —los que no pueden o no piensan en las consecuencias de sus acciones. Una persona que sabe lo que está haciendo, por qué lo está haciendo y cuáles son las consecuencias de sus acciones probablemente no necesite la moral como se define convencionalmente. Lo que sí necesita es un conjunto de valores sociales y una apreciación del delicado equilibrio de las interacciones humanas."

Larramac resopló. "Malditos ambiguos eoanos. Todos ustedes son mus buenos en eso también."

"No, honestamente" dijo Dev, sacudiendo la cabeza. "Escuche. Si usted vende un arma a alguien, tendría que pensar en las consecuencias de ello. Las armas realmente sólo tienen una función: matar o herir. Por lo tanto, debería tener en cuenta que—al venderle esta arma a alguien—podría estar contribuyendo a la muerte de una o más personas. Tendría que sopesarlo con mucho cuidado. Mi cliente puede estar preocupado porque alguien intente matarlo, o puede ser un criminal para dañar el equilibrio social de alguien. Mi estimación de sus intenciones tendrá que desempeñar un papel en mi decisión de hacer la venta."

"Pero usted admite que hay circunstancias en las que eso se justificaría" dijo Larramac con triunfalismo.

"Por supuesto. Hay algunas circunstancias en las que cualquier acción concebible se justifica. Todo el mundo debe tener un conjunto de valores sobre los que orientar su vida. Anthropos sugirió que una sociedad equilibrada es la meta sobre la cual esforzarse. 'La Mente Sana funciona mejor en un entorno estable.' La paz, la felicidad y el comportamiento racional harán que una cultura sea más estable; la guerra, la miseria y la irracionalidad destruyen la estabilidad. Los eoanos a trabajarán para el primer round y pelearán por el segundo, si es posible.

Si yo, por ejemplo, estuviera en una sociedad que pareciera pacífica, pero que permaneciera así al mantener a la mayoría de sus ciudadanos en la esclavitud, yo podría considerar un deber unirme a un grupo revolucionario y derrocar el orden establecido. Pero pensaría en las consecuencias de mi acción. Si yo fuera capturada por el régimen, podría esperarme el ser torturada y asesinada. Yo estaría, en esencia, más allá de la ley pero todavía sujeta a ella—y yo sabría eso antes de comenzar mis acciones. Yo—"

Dev se interrumpió repentinamente y miró a la audiencia de dos. "Lo siento, no quise sermonear. Supongo que la tensión de la situación me afectó." Miró hacia sus pies. "Estaba hablando sobre las tácticas de batalla antes llegar a estas irrelevancias. Esas armas en nuestro poder — no importa para qué hayan sido creadas originalmente, el hecho es que las necesitamos ahora para nuestros propósitos. ¿Qué tan bien armados estamos?"

"Tenemos pistolas, rifles, lanzagranadas, cañones de energía personal, deflectores de cinturón, generadores de campo de energía—y, por supuesto, un montón de paquetes de energía para mantenerlos a todos suministrados." Larramac fue positivamente simplista mientras verificaba su inventario de armas con potencial destructivo.

"Supongo que si la nave fuera un poco más grande, podríamos tener en nuestro poder un tanque o dos" dijo Dev con sorna. "Es una lástima, realmente podríamos haber usado uno de esos. Bueno, tendremos que ir a pie. Por lo menos estaremos tan armados como cualquier soldado de infantería tiene derecho a esperar.

Bakori tendrá que quedarse aquí. Al tener su pierna tan lastimada, sólo sería una carga afuera. Además, alguien tendrá que quedarse aquí y mantener las cosas en orden. Los otros tres— no, cuatro, tendremos que despertar a Grgat de alguna manera, él es tan importante en esto como el resto de nosotros. Los cuatro tendremos que salir y continuar nuestro asalto de alguna manera."

Miró de nuevo a la pantalla, que mostraba a los ángeles dando vueltas y mostraba la punta del Monte Orrork en una esquina. "Cuatro personas," murmuró para sí misma. "Cuatro personas para ir en contra de cincuenta de esos osos de peluche vengadores y una montaña de dioses."

CAPÍTULO 8

Si no puedes alcanzar tu propia perfección, ¿cómo puedes esperarla de otros?
—Anthropos, *La Mente Sana*

Le tomó a Dev diez minutos despertar a Grgat de su hibernación involuntaria mientras Dunnis y Larramac bajaban a la bodega para desempaquetar las armas. Dev trató primero sacudiendo al voluminoso nativo, y al no obtener resultados, probó dándole unas ligeras bofetadas a un lado de su hocico. Sus párpados reaccionaron en respuesta, hasta que finalmente la miró. Tardó quizás un minuto más para que la conciencia penetrara en su cerebro que todavía estaba vivo, sin compartir con estos extraños la vida después de la muerte en que él creía.

"¿Estás bien?" Dev le preguntó a través del traductor.

Grgat respondió lenta pero afirmativamente.

Trató de estirar los brazos y las piernas,

encontrándolos rígidos pero operables. Dev lo soltó y rodó fuera de su sillón para permanecer confundido en el piso del puente.

Rápidamente, le informó sobre la situación—que se habían estrellado en el lado de Monte Orrork y que, mientras están temporalmente seguros, no tenían alternativa sino continuar su ataque a pie. Estaban tan armados como los humanos podían esperar; todo ahora dependía del tamaño y versatilidad de las fuerzas de los dioses.

Bakori todavía estaba inconsciente. Dev dejó al nativo cuidando a su astrogador, con instrucciones de llamarla si el hombre mostraba signos de retomar la conciencia, y luego bajó a la cocina. Habían pasado horas desde que todos habían comido, y Dev estaba segura de que una comida aliviaría por lo menos una parte del estrés bajo el cual estaban trabajando. Sólo deseaba que su habilidad para cocinar fuera tan buena como la situación lo requería.

Terminó su tarea casi al mismo tiempo que Larramac y Dunnis terminaron de desentrañar las armas. Los llamó para cenar y, mientras atacaban vorazmente su comida, le llevó una porción a Grgat en el puente.

El daschamés le agradeció y comió lentamente a pesar de tener mucha hambre. La comida humana seguía siendo extraña a su paladar, y parecía contemplar cada bocado. Pero Dev podía decir que había más en su mente que sólo comida.

"Estamos arruinados, ¿no?" dijo el nativo finalmente.

Dev sonrió, incluso cuando a pesar de ello, sabía que podía no ser capaz de leer el gesto correctamente. "Tienes que tener un poco más de fe que eso."

"Yo tuve fe en los dioses. He visto lo que pueden hacer. Matar a mi esposa debilitó mi fe en ellos, y yo me volví en cambio hacia ustedes humanos. Ahora también me han fallado. No sé en qué creer." Dio un breve resoplido. "Además, hace poco me dijiste que tu religión consistía en no tener fe estable."

"No, nunca dije eso. La fe es la piedra angular de las acciones de todos los seres inteligentes. Nosotros los eoanos decimos creer en nosotros mismos más que en los externos, eso es todo. Sé muy bien lo fuerte que soy, lo rápida que soy, lo inteligente que soy. Conozco mis propias habilidades, conozco mis propias debilidades. Planeo mis acciones alrededor de estas cosas, pero siempre mantengo mi fe en mis propias habilidades. En un universo de cambios, soy la única constante en la que puedo confiar.

No creemos mucho en el proselitismo, por la sencilla razón de que la nuestra es una disciplina difícil de seguir para cualquier persona que no se haya criado en ella desde su nacimiento. Es mejor, en muchos casos, apenas se comienza a llegar a mitad de camino en lo que respecta a nuestra filosofía y entonces repentinamente te encuentras luchando por mantenerte a flote. Así que, quiero que sepas que no estoy tratando de convertirte cuando te sugiero que intentes tener fe en ti mismo por encima de todo lo demás.

Ya viste lo que sucedió cuando dejaste tu fe en manos de otros—abusaron de ti o te decepcionaron. Cree en ti mismo en primer lugar, podrás estar menos decepcionado en la vida. La fe puede hacer milagros, si la aplicas correctamente. "

Se paró y caminó hacia la puerta trasera de la cabina. "Y hablando de hacer milagros, tengo que regresar con nuestros otros dos amigos y ayudarles a planificar nuestra campaña." Dejó al nativo pensando en sus palabras.

Al regresar a la cocina, encontró a Larramac y Dunnis en medio de una discusión sobre sus tácticas futuras. "Pero no puedes subir por la ladera," decía el ingeniero. "He visto lo que esos ángeles pueden hacer. Son exactos con esos rayos a menos de cien metros."

"Pero también tenemos armas" dijo el propietario de la nave. "Estarán más dispuestos a mantener la distancia después de que hayamos eliminado algunos de ellos." Vio a Dev entrar y se volvió hacia ella para obtener su aprobación. "¿No es cierto?"

"Posiblemente. Aunque hay más de cincuenta de esos osos de peluche y cuatro de nosotros; un ataque suicida concertado nos borraría, si tienen la oportunidad de hacer uno." Miró a Dunnis. "Pero tendremos que subir esa montaña de alguna manera a pesar de los riesgos. Necesitaremos tácticas que maximicen sus dudas sobre atacarnos y minimizar su eficiencia."

Larramac se recostó en su asiento y la miró. "Supongo que, por la forma en que habla, usted tiene un plan en mente."

"De hecho, lo tengo. ¿Alguna vez me ha visto sin uno?"

"A veces creo que tiene demasiados."

"Es porque siempre estoy cambiándolos y

actualizándolos. En este caso, además de nuestras armas tenemos dos factores operando a nuestro favor. Una es que los ángeles no pueden hacer un ataque suicida efectivo—son impulsados por motores gravitacionales y no pueden acercarse demasiado entre sí porque se destruirían. Deben esparcirse ampliamente para operar sin temor o sin destruirse mutuamente."

Dunnis se dio una palmada en la frente. "¿Por qué no pensé en eso?"

"Probablemente lo habrías hecho," le dijo Dev para calmarlo. "Se me acaba de ocurrir mientras hablaba."

"Mencionó un segundo factor," dijo Larramac.

"Sí. Propongo que subamos la montaña después del ocaso. Por lo que he visto, la pendiente es bastante uniforme—sin partes lisas ni acantilados que nos den grandes problemas. Será más difícil que hacerlo de día, pero también será más seguro siempre y cuando no nos detecten."

Dunnis estaba negando con su cabeza. "Lo siento, capitana, pero eso no funcionará. Estaba completamente oscuro y llovía cuando ese ángel convirtió a Zhurat en un pequeño montón de cenizas. Tienen sensores especiales para ocuparse de ese problema".

Los sensores especiales que tienen son sus insectos. Sabemos que los esparcieron cada pocos metros en el pueblo. Zhurat estaba gritando a todo dar con sus pulmones; habría sido igual de fácil triangular su ubicación con respecto a varios insectos y apuntar, no hacia él, sino hacia su posición".

"La situación aquí es muy diferente. Según

nuestros mapas, no hay asentamientos de nativos a menos de quinientos kilómetros de esta montaña. Aún así, ellos creen en ser minuciosos, incluso aunque tengan recursos casi ilimitados para aprovechar—aun así, poner insectos al lado de su propia montaña, cuando nadie llega jamás a ella, sería un completo y total derroche de tiempo y materiales. Estoy dispuesta a poner en riesgo mi vida en la presunción de que no hay insectos—por lo menos, no hay insectos electrónicos en la ladera."

"¿Qué hay de los proyectores?" preguntó Dunnis. "Seguro que tendrán eso para iluminar su montaña en caso de problemas."

Dev asintió lentamente. "Sí, tendremos que lidiar con eso. Tenemos pocas alternativas además de disparar directamente a las luces y eliminarlas. Si podemos ponernos en una posición arraigada en primer lugar, podríamos estar un poco de una oportunidad. No olvide que, al encender las luces, ellos también se hacen visibles para nosotros, y su gran táctica es la sorpresa; les gusta lanzar sus relámpagos desde afuera y luego reclamar el crédito por eso. Si podemos verlos también, estaremos suficientemente armados para mantenerlos a distancia.

"Una vez que se den cuenta de eso, mantendrán sus luces apagadas la mayor parte del tiempo. Si lo hacemos con relativamente poco ruido, no podrán hacer nada contra nosotros—y con suerte, podremos escalar en paz. "

"Me suena bien," dijo Larramac.

Dev asintió bruscamente. No había enumerado las desventajas de su plan, la más grande era que ninguno de ellos era, hasta donde ella sabía, un escalador experimentado. Su propio conocimiento de montañismo era enteramente teórico—habría leído algunos libros sobre el tema hace algunos años, pero eso era todo. Le pidió a un equipo de cuatro personas sin formación hacer una subida en la oscuridad en un silencio casi completo. Parte de la subida sería a través de hielo y sahora, siempre en condiciones traicioneras. Y al llegar a la cumbre, no tendrían idea de lo que se encontrarían. Aún no sabía cuántas eran las fortificaciones de los dioses; podrían llegar hasta la cima y luego ser víctimas de algún campo de fuerza letal que ninguno de ellos sospechaba.

Dev se encogió de hombros mentalmente. Si valía la pena jugar el juego, valía la pena jugar para ganar. Podía hacer su mejor esfuerzo y esperar que eso fuera suficiente.

"Aún no nos ha dicho cómo vamos a salir de la nave," dijo Dunnis. "No podemos marcharnos mientras la unidad está encendida, o seremos asesinados—y si la dejamos encendida, los ángeles bajarán y destruirán la nave hacer algo."

"Todo a su debido momento," dijo Dev misteriosamente. "Hay muchos preparativos que debemos hacer primero."

Bakori volvió a la conciencia varias horas después, aunque estaba en un dolor considerable. Dev realizó una vez más el trabajo de darle un informe de estado, y Bakori lo aceptó con su habitual calma y despreocupación.

"Lo meteremos en el medichest para cuidar esa

pierna, pero habrá algunas cosas que tendrá que hacer por nosotros primero," le dijo.

Entonces se metió en la bodega e inspeccionó las armas que Larramac y Dunnis habían desempacado. "Todos llevaremos cinturones deflectores y espero que ellos puedan ocuparse de lo que los ángeles nos vayan a lanzar," decidió. "Cada uno tendrá una pistola y un rifle. No creo que podamos esperar que Grgat use algo más complicado que eso. Roscil, usted y yo también llevaremos lanzagranadas; Gros, ya que eres el más grande, puedes llevar el cañón."

"No son demasiado pesados," dijo Larramac. "¿Por qué cada uno de nosotros no lleva uno? Eso incrementará enormemente nuestra potencia."

"Estamos haciendo un ascenso forzado por una pendiente muy empinada bajo una amenaza de ataque que siempre está presente," explicó Dev pacientemente. "Después de un par de horas, cada gramo que cargue se sentirá como un kilo. Quiero mantener nuestra configuración tan simple como sea posible, y estoy dispuesta a bajar un poco nuestra potencia para hacerlo. "

Llevó a Grgat a la bodega y le explicó el uso de la pistola y el rifle láser. Su carga ahora era inútil—incluso Larramac admitió eso—así que Dev permitió que el nativo usara las cajas como objetivos para practicar. Después de varias horas quemando todo a su vista, el daschamés logró hacerlo caer; él por lo menos podía golpear algo del tamaño de un ángel si no estaba demasiado lejos.

Por supuesto, si los ángeles no estuvieran demasiado lejos, las posibilidades de supervivencia de la tripulación del *Foxfire* no serían buenas; pero

Dev mandó ese pensamiento a la parte posterior de su mente. Este no era el momento para las dudas innecesarias; Sólo se atrevía a preocuparse por las cosas que podía controlar.

El resto del equipo tomó la práctica con objetivo con las pistolas y rifles también, aunque ya estaban bastante familiarizados con las armas. Los lanzagranadas y el cañón de energía eran otra cosa en conjunto, y apenas podían ser probados en interiores. Dev y los hombres se contentaron con leer cuidadosamente las instrucciones y asegurarse de que sabían cómo operar los dispositivos en teoría.

Comieron dos veces más y descansaron. Fue al final de la tarde del día siguiente cuando volvieron a reunirse en el puente. "Voy a intentar reducir las probabilidades contra nosotros y hacer que los ángeles sean un poco más cautelosos al mismo tiempo", dijo Dev. "Para hacer eso, voy a tener que apagar la unidad por un breve período de tiempo.

Tan pronto como la unidad esté apagada, estaremos sujetos al campo normal de Dascham, y estamos inclinados en un ángulo hacia ese lado. Será mejor que ustedes se sujeten allí y estén listos para que ese lado se convierta en el piso repentinamente".

"Eso es difícil para mi," dijo Bakori, mirando hacia su pierna estropeada.

"Vamos a colocarlo en el sillón de aceleración de Grgat, entonces. Se sentirá como si estuviera cayendo, lo cual puede causarle algo de dolor, pero las correas evitarán cualquier daño real."

Con la ayuda de Dunnis, ató al astrogador contra el sillón y esperó hasta que los demás estuvieran apoyados contra la pared izquierda. Ella misma estaba atada a su propio sillón. Su mano derecha estaba sobre los controles de la unidad mientras la izquierda se acercaba para apoyarse contra el panel de astrogación. Sus ojos se fijaron firmemente en la pantalla externa, que mostraba el regimiento completo de ángeles que todavía se cernía sobre ellos.

"¿Todos listos?" ella preguntó.

Los demás asintieron.

Con un movimiento decisivo, Dev activó tanto la unidad como el campo interno antigravitacional.

El efecto fue instantáneo. En un momento, el suelo parecía estar sólidamente bajo ella, en el siguiente, giró violentamente hacia la izquierda. Las correas de Dev la atravesaron profundamente, mientras su cuerpo se tensaba hacia un lado. Incluso, a pesar de que los demás se habían preparado para ese efecto, ellos también sintieron la sacudida pues la gravedad de Dascham reafirmó su dominio sobre ellos.

De la parte trasera de la nave se produjo un accidente intempestivo y Dev hizo una mueca. Todos los artículos que no estaban sostenidos en las despensas y en los estantes se derrumbaban hacia la izquierda. *¡Maldita sea! Probablemente todo lo que no se había roto en el choque inicial, se ha roto ahora,* pensó. *¿Por qué no ideé algo para clavar las cosas?*

Pero tenía poco tiempo para recriminaciones. Había movimiento en la pantalla enfrente de ella. Los ángeles estaban dando vueltas, conscientes de que la unidad se había cortado repentinamente. Algunos de ellos se acercaron hacia abajo, deseando matar. Otros se contuvieron, queriendo asegurarse de que no era una trampa. La mayoría tomó una posición intermedia, esperando el desarrollo de los hechos.

Dev observó nerviosamente, con su mano apoyada sobre los controles de la unidad. Había varios factores que debía evaluar, tales como la cantidad de ángeles en conjunto que sería necesaria para darle un golpe letal a la nave y cuál podría ser su alcance efectivo. Ambas podrían ser sólo conjeturas aproximadas, pero tendría que esperar el mayor tiempo posible para obtener la máxima ventaja de su ardid.

Finalmente, cuando ni siquiera sus nervios podían soportar el suspenso, volvió a encender el dispositivo. Instantáneamente fue arrojada de nuevo a su posición anterior, y "abajo" parecía bien nuevamente. No había sido capaz de darle una advertencia adecuada a sus compañeros, sin embargo, y cayeron hacia adelante sobre sus caras con el cambio de gravedad. Bajo ellos, había más choques cuando los escombros del último giro se deslizaron una vez más.

La pantalla frente a ella mostró los principales efectos de su acción. Los ángeles que habían estado más ansiosos de descender hacia la nave explotaron en un cataclismo de fuego. La gente adentro de la nave podía escuchar pequeños sonidos de silbido como fragmentos de metal lloviendo sobre el casco de los robots devastados.

Algunos de los robots que no habían descendido hasta ahora trataron de volar afuera del campo antes de que fuera demasiado tarde. No estaban lo suficientemente cerca como para soportar todo el peso de la furia del campo gravítico, pero habían bajado demasiado para escapar de sus efectos. Sus circuitos internos se apagaron y explotaron, quedando sólo masas inertes de metal. Caían como pesos muertos desde su altura y luego explotaron cuando cayeron más profundamente en el arranque.

Dev hizo un conteo rápido de los ángeles restantes. Catorce todavía flotaban fuera de la gama efectiva del campo. Con dos movimientos rápidos de sus dedos, había reducido significativamente el número de oponentes. Desafortunadamente, no sería tan simple hacerlo una segunda vez. *Sin embargo,* pensó, *les dará algo en qué pensar.*

"Ahora sólo estamos superados en proporción de tres y medio a uno", anunció. "El resto de los ángeles han caído."

"¡Genial!" gritó Larramac. "Fue un buen truco. Ahora no nos van a apurar la próxima vez que apaguemos la unidad, para que podamos correr y tomar la cobertura en la ladera."

"No esté tan seguro" señaló Dev. "En el instante en que nos vean salir de la nave, van a acercarse. Saben que nadie en el tablero volvería a encender la unidad hasta que estemos fuera de alcance, lo que les daría tiempo suficiente para matarnos. Primero tendremos que hacer otra trampa, pero esperaremos hasta el anochecer para intentar ese movimiento."

Cuando llegó el momento, Dev estaba otra vez atada a su sillón. Todas las cosas eran como habían sido antes ese día, con la excepción de Dunnis. En lugar de estar en el puente, el gran ingeniero estaba abajo en la puerta exterior de la bodega de carga con dos de los robots.

"Aquí vamos de nuevo," anunció Dev por el intercomunicador, y apagó la unidad de nuevo. La sensación de sacudida volvió a aparecer. En lo alto, los catorce ángeles seguían recorriendo con cautela; no estaban a punto de ser embaucados por segunda vez.

"Ahora, Gros", llamó Dev. Abajo, podían oír un sonido áspero cuando la puerta de carga se abrió ruidosamente. Los dos robots, disfrazados con uniformes espaciales de repuesto, ahora correrían desde la nave hacia la cubierta de rocas a cien metros de distancia. Desde la distancia a la que estaban observando los ángeles, sería imposible decir que esas figuras no eran seres humanos. Algunas de las máquinas de los dioses deberían descender, ya sea para destruirlas o para determinar que eran simplemente robots como ellos. En cualquier caso, Dev podría encender la unidad y destruir otro ángel o dos.

Miró hacia su pantalla con ansiedad. Los ángeles siguieron flotando a la misma altura. Uno de ellos se desprendió de la formación para volar sobre los fugitivos por un momento, pero luego interrumpió la persecución y regresó a su grupo, totalmente desinteresado.

Dev estaba sorprendida. Los ángeles habían visto los señuelos, pero no actuaron. Se habían negado a picar el anzuelo. De alguna manera habían descubierto su truco—pero ¿cómo?

Luego de cinco minutos de observación, las pantallas no produjeron más resultados. A regañadientes, Dev le ordenó a Dunnis que cerrara la escotilla. Con eso hecho, encendió la unidad una vez más.

Quería evitar mirar a Larramac mientras salía de su sillón de aceleración, pero sabía que tenía que hacerlo. La expresión en el rostro de su jefe era de superioridad. "Así que, por una vez su plan no funcionó bien, ¿verdad?", le dijo. Sonaba casi alegre por su fracaso.

Tiene el derecho de regodearse, se recordó a sí misma con severidad. *He estado estableciéndome como la mayor autoridad, y acabo de demostrar que estoy equivocada.* "Supongo que no," dijo en voz alta.

Larramac esperó, con una sonrisa en su rostro.

"Cometí un error," continuó Dev. "¿Es eso lo que quería oír?"

"Sólo quería ver si eras capaz de admitirlo."

"Espero que le sirva de consuelo" dijo, manteniendo su voz deliberada y sin emociones. "Realmente, cometo errores todo el tiempo; sólo que trato de atraparlos y corregirlos antes de que nadie se dé cuenta. Dejar pasar tus errores en público cuando no tienes que hacerlo es desagradable e ineficiente." Hizo una pausa. "Pero esta vez he fallado en grande, y estoy condenada si sé por qué."

"Así que ¿Qué haremos ahora?"

"No lo sé." Dev hizo un gesto de negación con su cabeza. "Sé una cosa que no haremos, sin embargo, y eso es poner un solo pie fuera de esta nave hasta que sepamos precisamente por qué mi trampa falló. No estoy de humor para el suicidio."

Dev se fue a su cabina y se recostó en su catre. Normalmente, ella encontraba en el techo una buena pantalla en la que proyectar sus pensamientos, pero esta noche parecía simplemente como un mamparo en blanco. La reacción de los ángeles sería lógica si no hubieran detectado a los robots que huían; no se habrían arriesgado a caer en otra trampa, como la primera, simplemente para hacer estallar la nave. Pero habían visto a los robots huir, incluso los habían seguido a corta distancia antes de abandonar la persecución al descubrir que eran señuelos. De alguna manera, los ángeles fueron capaces de distinguir entre un robot y un humano. Pero ¿cómo?

Tal vez su visión era más aguda de lo que había calculado, o tal vez los ángeles tenían oídos suficientemente sensibles como para distinguir los pequeños sonidos metálicos hechos por las máquinas. Ambas hipótesis le parecían incorrectas, pero no podía pensar en ninguna alternativa que tuviera más sentido.

Con su mente no más satisfecha que al principio, Dev se permitió caer en un sueño agitado, preocupada por pesadillas sueños de ser perseguida por un Oso de Peluche Vengador con una espada flameante.

Con la mañana vino la luz, pero no la iluminación. Dev se dirigió a la cocina y, para una agradable sorpresa, Dunnis ya había preparado el desayuno. "Ha estado haciendo las comidas con demasiada frecuencia últimamente, capitana" dijo. "Pensé en darle un poco de descanso."

"Gracias, Gros." Le sonrió. "Creo que aún puedo hacer de ti un buen oficial de nave." La comida era tan mala como de costumbre; Dunnis no era cocinero. Pero Dev se negó a desanimarse. "También estás mejorando; tal vez te convertirás en un buen cocinero también."

Su ingeniero sonrió, y Dev dejó que su sonrisa hiciera eco de la suya. *Una buena capitana debe saber cuándo animar a su tripulación, así como disciplinarlos.*

Los cálidos sentimientos de la cocina se rompieron en otro momento, un pesar de ello, cuando Larramac entró. "He estado pensando en el problema del ángel toda la noche," admitió, "pero estoy tan a oscuras como antes. ¿Ha tenido algo de suerte?"

"De hecho," dijo Dev, despreocupadamente, ocultando bien su emoción, "lo he hecho. Sé dónde me equivoqué en mis suposiciones."

Larramac la miró. "Bueno, no se siente allí sonriendo. ¿Dónde falló?"

Dev no había notado que ella había estado sonriendo. Se limpió la expresión de su rostro rápidamente. "Infrarrojos" explicó. "No había ninguna luz allí, aunque pudieron determinar que esas dos figuras estaban funcionando lejos de la nave, y que esas dos figuras no eran personas. Lo que detectaron fue el calor que se desprendía de los robots, y como los robots tienen una temperatura diferente de la de los humanos, sabían que no podía ser ninguno de nosotros."

Larramac hizo una pausa para considerar eso, rascando pensativamente su perilla. "Suena bien, pero ¿cómo podemos averiguarlo con certeza?"

"Tendremos que hacer otra prueba esta noche. Esta vez enviaremos un robot con un calentador de manera que irradie a treinta y siete grados Celsius.

Si se dieran cuenta de eso, sabremos que eso es lo que ellos buscan." Y durante todo el tiempo, ella se maldecía mentalmente por no darse cuenta la noche anterior de que había otras longitudes de onda en el espectro electromagnético además de las visuales.

"Suponiendo que por el momento estén captando con el infrarrojo" interrumpió Dunnis, "¿cómo vamos a superarlos o a evitar que nos vean subiendo por la montaña? No podemos apagar nuestros cuerpos, ¿cierto?"

Era el turno de Dev para sumergirse en sus pensamientos. "Un sensor de infrarrojos no sólo capta el calor," reflexionó en voz alta. "*Todo* desprende algo de calor. Lo que hace es captar las diferencias de temperatura entre un blanco potencial y sus alrededores. Los robots estaban a una temperatura diferente a la del suelo que los rodeaba, pero la diferencia de temperatura no era lo esperado si se fuesen dos humanos corriendo".

Tamborileó sus dedos contra la mesa. "Eso nos conduce a algunas posibilidades interesantes. Cualquier cosa con un diferencial cero será invisible para ellos en la oscuridad. Si pudiéramos reducir nuestra temperatura irradiada hasta igualar a la temperatura ambiente, nunca nos verían."

"En caso de que se lo haya olvidado" dijo Larramac, "somos mamíferos, no reptiles. Nuestra temperatura se mantiene a los treinta y siete grados, sin importar cómo esté afuera."

"Temperatura interna, sí," dijo Dev. "Pero hablé de la *temperatura irradiada*, la cantidad de calor que emitimos. Nuestros uniformes espaciales están diseñados para contener una buena parte de ese calor, manteniéndonos calientes en climas fríos y en el vacío del espacio. Pero no se mantiene todo el calor adentro; deja salir suficiente para prevenir una acumulación fatal. Si pudiéramos evitar cualquier pérdida de calor—por ejemplo, cubriendo nuestros trajes con relleno aislante—y luego enfriar la parte exterior de los trajes a temperatura ambiente, los ángeles no podrían vernos en la oscuridad."

"Mencionó algo sobre una 'acumulación fatal' hace un momento. No me gusta como suena eso."

"Habrá calor adentro de los trajes, no hay duda de eso," admitió Dev. "Si llega a niveles letales es problemático. Pero, personalmente, preferiría sudar un poco más que recibir un rayo."

"¿Qué hay de Grgat?" preguntó Dunnis. "No tiene uniforme. ¿Cómo evitaremos que los ángeles lo vean?"

"Zhurat era de la misma talla. Tal vez Grgat se ajuste a uno de sus uniformes de repuesto. En cualquier caso, vale la pena intentarlo."

Rodearon al nativo y lo ayudaron a meterse en uno de los uniformes extra de su compañero muerto. El ajuste era cómodo pero aceptable, a excepción de sus pies. Los daschameses tenían pies anchos, planos, que les permitían caminar mejor sobre el barro omnipresente alrededor de las partes habitadas del planeta. Grgat encontró que debía doblar los pies ligeramente para que cupieran en el uniforme.

"Eso no es bueno," murmuró Dev. "Tenemos que caminar y escalar muchísimo, es necesario tener zapatos cómodos. Un miembro cojo en el equipo nos retrasará a todos."

"No me dolarán los pies," insistió Grgat con ansiedad. "Mis pies son muy resistentes. Puedo hacerlo, sé que puedo."

Dev dudó. Grgat quería ser útil, y no estaba enfrentando la realidad con sus alardes. Esas botas no podían ser cómodas para alguien con pies como los suyos, y no había manera de que pudieran rediseñar las botas—eran parte integral del uniforme. Grgat simplemente no sería capaz de mantener el ritmo con el resto de ellos.

Por otro lado, ya estaban terriblemente bajos de personal. Necesitarían todas las armas disponibles si su asalto tuviera una oportunidad. Bakori estaba obviamente fuera; eliminar a Grgat también los dejaría con un grupo de tres—una fuerza no muy formidable.

Grgat notó sus dudas. "Me dijiste que tuviera fe en mí" dijo. "Ahora lo hago. ¿No puedes tener fe en mí también?"

"Atrapada con mis propios argumentos" rió Dev. "Lo hiciste muy bien; ¿alguna vez has pensado en ser un lógico?" Ante la mirada perdida de Grgat, continuó, "No importa, sería una profesión no rentable en el estado de desarrollo de este mundo. Sí, no puedo llevarte la contraria cuando cites fuentes tan inteligentes. Puedes venir. Sólo espero que tus pies no sufran demasiado."

No había manera de comprobar la teoría de Dev sobre los infrarrojos hasta después de caer la noche. Mientras tanto, fueron por toda la nave recogiendo cobijas, trapos y cualquier cosa que pudiesen colocar adentro de sus trajes, para que actuaran como aislantes. Particularmente Grgat se divertía al romper en pedazos el material que pudieran usar. Al menos, ese era un juego que él podía entender.

Al caer la noche, intentaron la maniobra del señuelo una vez más. Esta vez, los robots vestidos con uniformes espaciales se habían calentado a la temperatura del cuerpo humano. Dev prestó mucha atención a su pantalla mientras los robots corrían desde la nave a través de la ladera.

Dos de los ángeles se separaron de su formación y se abalanzaron hacia las figuras que huían. Cuando alcanzaron una altura de cincuenta metros, el aire alrededor de ellos crujió y esos rayos mortales se lanzaron para destruir las máquinas de los humanos.

Al mismo tiempo, Dev reactivó la unidad. Los ángeles, desprevenidos para ese movimiento, quedaron atrapados en el campo y explotaron al instante en una lluvia de ardiente metal caliente.

Dos menos, Dev pensó, *llevando la proporcionalidad a tres por cada uno. Mejor, realmente, de lo que podría haber esperado.*

Pero más importante, había logrado comprobar su hipótesis de que los ángeles usaban sensores infrarrojos. Ahora tenía la clave de sus habilidades y esperaba que su grupo continuaría sobreviviendo.

Ahora, pensó sobriamente, mirando esas doce formas negras en la pantalla que aún flotaban sobre el fondo estrellado del cielo de Dascham, *ahora de verdad comienza la batalla.*

CAPÍTULO 9

Una persona sólo puede sentirse sola si
nunca ha logrado conocerse a sí misma.
—Anthropos, *La Mente Sana*

Les tomó casi dos horas alistarse después de eso. Rellenar sus uniformes con aislamiento resultó ser un proceso más complicado de lo que pensaron, y requirió más material que la estimación original de Dev. Los uniformes normalmente con muy anchos para permitir flexibilidad a sus usuarios, y todo ese espacio debía rellenarse. Cuando terminaron, todos parecían bastante gorditos y redondos.

Me siento como un espantapájaros con demasiado relleno, pensó Dev. El aislamiento tenía otra desventaja, ya que los pesaba aún más y obstaculizaba su libertad de movimientos. Doblar las piernas y los brazos era más difícil, y su velocidad se vería afectada. Pero la invisibilidad, decidió Dev, sería un activo mejor que la velocidad; en cualquier caso, nunca podrían igualar la rapidez de los reflejos de los ángeles.

Con todo su relleno en su lugar, ataron los tanques de oxígeno a sus espaldas y sellaron sus cascos en su lugar. Los trajes tendrían que ser herméticos o el calor saldría a través de la parte superior—lo que a su vez significaba que tendrían que llevar el oxígeno de repuesto con ellos, sobrecargándolos aún más. La guerra *es el infierno*, Dev estuvo de acuerdo de todo corazón.

Cada uno de los miembros del equipo, tendría un cinturón deflector con una pistola láser adentro y un rifle atado sobre sus hombros. Además, Dev y Larramac también cargaban los lanzagranadas al tiempo que Dunnis llevaba un cañón personal de energía. Todos sus bolsillos estaban rebosantes de paquetes de energía para sus armas. Dev tenía veinte metros de cuerda atados firmemente a su cintura. Y todos los humanos tenían encendidos sus cascos traductores para poder comunicarse con Grgat.

Apenas me paro aquí con todo este equipo, y ya me siento cansada, Dev pensó.

Ahora que habían sellado sus trajes como cómodos capullos, ella alcanzó el contenedor de spray fresco. Esto se mantenía a mano en caso de incendio en la bodega de carga, pero Dev tenía un uso más inmediato para ello. Pulverizó la sustancia brumosa sobre los exteriores de sus trajes —excepto sus cascos— hasta que los diales en sus cinturones indicaron que la temperatura exterior era igual a la temperatura ambiente de la ladera.

Entonces tenían listos a sus robots y se pararon cerca de la gran puerta.

"Todos listos," dijo Dev, tocando con su casco la

bocina del intercomunicador y gritando tan alto como podía.

En la sala de controles, Lian Bakori estaba atado al sillón de la capitana, esperando una señal para actuar. La pantalla estaba enfocada hacia la ladera donde estaría funcionando la invasión. Las órdenes de Bakori eran apagar la unidad y esperar. Si los veía correr, debía mantener la marcha hasta que se hubieran alejado al menos trescientos metros de la nave; si no podía verlos—lo que era más probable en la oscuridad—debía esperar cinco minutos y encender la unidad para proteger la nave de un nuevo ataque de los ángeles y tal vez incluso destruir a cualquiera que se hubiera aventurado demasiado cerca mientras tanto.

El antigravitacional se cortó abruptamente, y la gente que estaba en la bodega perdió momentáneamente el equilibrio, incluso a pesar de que era lo que se esperaba. Se recuperaron rápidamente, a pesar de ello, y empezaron a trabajar. Dunnis abrió la enorme puerta y, cuando terminó, el grupo avanzó. Además de los cuatro miembros vivos del equipo había siete robots entre ellos. Más confusión para el enemigo, Dev había decidido—si los ángeles pudieran ver algo, verían un gran racimo de cuerpos avanzando. Y si comenzaban la práctica con objetivos en el grupo, las probabilidades estaban en contra de golpear a alguien importante en el primer intento.

La puerta estaba a medio metro por encima del nivel del suelo. Ellos y los robots saltaron y comenzaron a correr en línea recta, en dirección perpendicular a la nave. Tenían que estar tan lejos como pudieran durante el tiempo asignado, o la reactivación del impulso gravitacional los freiría a las cenizas.

No podían ver por dónde corrían. Dascham no tenía luna, y las estrellas les daban poco estímulo. Corrieron ciegamente, con la esperanza de detectar cualquier obstáculo antes de chocar contra ellos. La tierra bajo sus pies estaba suave, como arena húmeda o grava fina, y proporcionaba una base traicionera, pero por lo menos la pendiente en la que se movían no era muy empinada. Se movieron a un ritmo que habría sido considerado un paseo rápido a la luz del día; bajo estas condiciones, era una velocidad impactante.

La nave ya no era visible en la oscuridad detrás de ellos, sólo las ligeras vibraciones en el suelo daban indicios de que sus compañeras estuvieran en paralelo con su curso. La noche era más oscura de lo que Dev recordaba, pero por lo menos aquí no llovía como en las partes habitadas del planeta. Estaba muy consciente de que había ángeles por encima, incluso a pesar de que apagó su impresionante luz fosforescente. El recuerdo de Zhurat al ser golpeado por el rayo resonó en su mente, y el conocimiento de que la muerte podía llover tan repentinamente fuera del cielo era un dolor en sus entrañas.

Oh, bien, por lo menos será rápido, pensó, y prosiguió.

El reloj de su cinturón indicaba que habían transcurrido casi cuatro minutos desde que habían dejado la bodega de la nave. Pronto estarían acercándose a las rocas que había reconocido en la pantalla. Era un pequeño grupo de rocas que sobresalían de la ladera, lo cual no era suficiente para ofrecerles una verdadera protección contra un ataque masivo de ángeles, sino un punto de referencia en el que podían reunirse fuera del campo gravítico de la nave, para prepararse para lanzar su asalto a la ciudadela.

Corrió hacia las rocas. Si su traje no hubiera estado tan relleno, podría haberse lastimado; ya que rebotó y perdió el equilibrio. Podía sentirse deslizándose cuesta abajo mientras la grava se deslizaba bajo sus pies. Agitando sus brazos, ella los sintió agarrados por dos brazos más fuertes, y fue arrojada hacia arriba.

Podía distinguir vagamente las formas de Larramac y Dunnis halándola detrás de las rocas con ellos, mientras Grgat estaba junto a ellos y los observaba. Los robots habían funcionado en el pasado, según sus órdenes. Su función de señuelo había terminado; la invasión ahora estaría totalmente bajo su responsabilidad.

Tan pronto como recuperó el equilibrio, Dev se paró junto a sus compañeros y tragó saliva. No se había dado cuenta de que se había estado esforzando tanto, pero sus pulmones lo sabían mejor. El aislamiento funcionaba demasiado bien, podía sentir todo su cuerpo goteando de sudor. Levantó una mano enguantada para quitarse el sudor de la frente, y luego se dio cuenta de que sería imposible con su casco puesto.

Ya era casi la hora de que Bakori volviera a encender la unidad nuevamente. Para apartar momentáneamente su mente de la condición de su cuerpo, se volvió para mirar en la dirección hacia donde debía estar la nave. No habría nada que ver; las energías conectadas con el impulso gravitacional estaban en los extremos más extremos del espectro electromagnético e invisibles al ojo humano, pero...

Dos explosiones rasgaron el aire nocturno. En el cielo sobre sus cabezas, miniaturas de fuegos artificiales corrían como un par de bólidos iluminado la oscuridad. Dos de los ángeles deben haber descendido demasiado bajo, y fueron atrapados por la reactivación del campo gravítico. Fragmentos ardientes de sus cuerpos metálicos llovían sobre la ladera, pero ninguno caía cerca de los cuatro invasores.

Faltan diez, Dev sonrió para sí misma. Las probabilidades iban mejorando todo el tiempo. Porque, esto era prácticamente un picnic.

Si tan sólo las hormigas fuesen tan fáciles de matar.

Ella chocó su casco con el de Larramac. "Es hora de empezar a subir" dijo. "Primero llegaré a una corta distancia, hasta encontrar otro lugar seguro. Sostenga un extremo de esta cuerda. Si doy un tirón, significa que estoy en problemas y necesito ayuda. Dos tirones significan que todo está seguro y que el próximo hombre puede venir. Vamos uno a la vez; los que no suban deben tener sus armas listas en caso de problemas y para cubrir al escalador. ¿Entendido?"

"Bien." La voz de Larramac sonaba muy lejos a través del doble grosor de los dos cascos. Pero esta era la única forma en que se atrevían a comunicarse; transmitiendo a través de los radios de sus cascos funcionaba con un riesgo demasiado grande de que los mensajes interceptados fuesen rastreados por los dioses o sus secuaces.

Satisfecha de que sus instrucciones serían obedecidas, Dev interrumpió la conexión y empezó a subir un lado de la montaña, atajando la cuerda detrás de ella mientras ascendía. La pendiente era suave al principio, y era capaz de trepar a lo largo de la roca suelta a un ritmo constante, aunque lento. Su cuerpo estaba doblado hacia adelante, sus rodillas estaban flexionadas y mantenía sus pies hacia adelante para un máximo confort. Sus ojos estaban casi acostumbrados a la oscuridad estrellada. Aunque todavía no podía ver con precisión, empezó a percibir la presencia de las rocas a su alrededor, incluso podía distinguir algo de su tamaño y forma.

Me pregunto si es así como los ciegos se adaptan a su falta de visión, pensó, su curiosidad despertó a pesar de lo peligroso de la situación. Aún no se sentía cómoda con su incapacidad de ver; pero al relajarse y dejar que la noche la alcanzara—al permitirse realmente convertirse en la oscuridad—el entintado ambiente era menos aterrador de lo que podría haber sido.

Después de subir casi quince metros, llegó hasta un afloramiento de roca. Era un problema que no podía esperar al escalar en la oscuridad; tendría que encontrar un camino alrededor de él. Pero, mientras tanto, serviría como un buen punto de descanso para el equipo. Debajo de este reborde de roca, esperaban estar a salvo de la mirada de los ángeles.

Se sentó con su espalda apoyada contra la roca y tiró dos veces de la cuerda. Nada pasó por la mitad de un minuto, y luego muy repentinamente sufrió un tirón que casi la saca de su posición e hizo que su cabeza se lastimara contra el suelo en la ladera. Quienquiera que fuera el segundo escalador, utilizó la cuerda en vez de su propia fuerza para levantarse. Incluso si Dev hubiera conseguido asegurar la cuerda con firmeza, eso no habría sido prudente; con la cuerda atada sólo alrededor de su propia cintura, las consecuencias podrían ser fatales, tanto para ella como para el otro escalador.

Instintivamente extendió su mano, sujetándose a una roca de buen tamaño. Se aferraba a ella y se aferraba a su vida mientras seguía tirando de su cintura. Se alegró de que su traje tuviera el relleno adicional en este momento, porque de lo contrario la cuerda estaría lastimando su carne y causándole mucho dolor; sólo había una ligera incomodidad y el conocimiento de que, si ella se dejaba caer, ella y el otro escalador tendrían una caída terrible.

Sus brazos empezaban a sentir la tensión y pensó que seguramente tendría que soltar la cuerda en otro momento cuando el otro escalador la alcance. Por su tamaño general, podía deducir instantáneamente que era Dunnis, el más grande del grupo, naturalmente. Él tocó su hombro para reconocerla. En lugar de responderle, ella simplemente desató la cuerda su cintura y la sujetó, en cambio, alrededor de la del ingeniero. Si el resto del equipo estaba a punto de hacer el mismo truco, Dunnis sería capaz de lidiar con él mucho mejor que Dev. Además, se había ganado una lección de montañismo.

Cuando terminó de atar, tocó su casco contra el de él. "Sujétate fuertemente contra esta roca," le dijo.

Al estar listos, dio dos tirones exactos.

Por la reacción de Dunnis, pudo darse cuenta un momento después de que el siguiente hombre en la línea estaba cometiendo exactamente el mismo error: usar la cuerda como su único apoyo. Mantuvo un estrecho contacto con su ingeniero para asegurarse de que el gran hombre no corría el peligro de deslizarse—pero al mismo tiempo se permitió a sí misma una pequeña sonrisa. *No es totalmente sano de mi parte para disfrutar de su incomodidad,* pensó, *pero estos son momentos de locura y un poco de locura puede ayudarme a enfrentarlos mejor.*

Pronto sintieron la presencia de Grgat a su lado. Dunnis quería desatar la cuerda de sí mismo y dejar que el daschamés pague el mismo precio por su estupidez, pero Dev estaba firmemente en contra de eso. Si hubiera sido Larramac, no le habría importado, pero el nativo no tenía ni la más remota experiencia en este tipo de cosas, y ella estaba dispuesta a excusar su acción esta vez. Dunnis, sin embargo, debería haberlo sabido mejor, y él iba a pagar por ello.

Después de que el ingeniero también sufrió los tirones de Larramac, Dev retiró la cuerda de su propia cintura y chocó su casco con los de los demás, uno por uno. Su claro sermón era el mismo en cada caso. "Esta cuerda debe ser usada sólo como guía, para mostrarte la ruta que tomó tu predecesor. No, repito, no, apoyará su peso. Todo lo que puede lograr así es hacer que ustedes y yo caigamos por la montaña, y posiblemente cause nuestras muertes... y el ruido ciertamente alertaría a los ángeles de que algo está pasando aquí. Tendrán que confiar en su propio sentido del equilibrio de sus propias manos y de su propio poder muscular para llevarles. ¿Está claro eso?"

Le aseguraron de que así era.

Con ese punto aclarado, Dev volvió a salir. Tuvo que moverse lateralmente por unos diez metros antes de encontrar un camino alrededor de la cornisa de rocas, y la subida era más difícil. Recordó lo poco que había leído acerca de escalada, y dejó que sus piernas hicieran la mayor parte del trabajo, empujándose hacia arriba con sus muslos y pantorrillas en lugar de intentar impulsarse con los músculos de sus brazos, relativamente más débiles. Una vez, un punto de apoyo que creyó seguro, se rompió cuando ella se apoyó contra él, y sólo sus rápidos reflejos le permitieron recuperar su equilibrio antes de caer.

Se sentía como un insecto arrastrándose por la cara de esta montaña en la oscuridad. Estaba demasiado consciente de lo expuesta que estaba su posición y cómo un matamoscas gigante podía aplastar su cuerpo hasta convertirlo en gelatina contra las rocas. Mirando críticamente su perspectiva actual, su asunción de la invisibilidad infrarroja era muy inestable. Incluso ahora los ángeles podían estar volando sigilosamente en las cercanías, observando su tímido progreso y debatiendo en qué momento lanzarle un fatídico relámpago de sus terribles espadas rápidas.

Sube, se dijo con severidad. *Has hecho lo suficiente pensando durante los últimos días para durar un mes. Deja que tu cuerpo tome el control para un cambio. Sólo sube.*

El rifle sobre sus hombros comenzó a ser una molestia, ya que golpeaba repetidamente contra su lado derecho. No hubo manera de empaquetarlo lo suficientemente segura para mantenerlo con poco balanceo y que todavía fuese fácilmente accesible en caso de un ataque de los ángeles. La sensación de golpe no era dolorosa, pero era tan molesta como el zumbido mosquito que rehúsa a aterrizar.

La torpeza ocasionada por el relleno se hizo más y más evidente. Caminar sobre rocas y grava suelta no requería gran destreza, sólo determinación; pero subir una pendiente pronunciada requería mayor libertad de movimientos, más coordinación de los miembros. Y cada movimiento que Dev hacía, se sentía como si estuviera ocurriendo bajo el agua. Las mantas y trapos que la envolvían la retrasaron, haciendo que tuviera que trabajar mucho más para doblar sus codos y rodillas.

El calor también aumentaba dentro de su traje. Estaba sudando profusamente, y el sudor se absorbía casi instantáneamente por el relleno que presionaba su piel desnuda. Las mantas rápidamente se convirtieron en gruesos, opresivos y repugnantes bultos de materia cuyo roce en su carne era desagradable—y ella no podía escapar de esa sensación.

En la oscuridad, casi cayó por una abertura que encontró repentinamente. Parecía ser la boca de una cueva, a pesar de que en la oscuridad, un punto negro se parecía mucho a cualquier otro. No se atrevió a encender la luz del casco para investigarla más de cerca, pero tenía un piso plano sobre el que podía sentarse y descansar. Mirando a su alrededor, decidió que este sería un buen punto de encuentro, así que haló la cuerda dos veces para que los demás la siguieran hacia arriba.

Estaba encantada de descubrir que estaban siguiendo sus indicaciones y no se colgaban de la cuerda esta vez. Sin embargo, no podía comprobar su progreso, pero sólo podía esperar hasta que Dunnis apareciera como una silueta negra en la oscuridad a su lado. Chocó su casco contra el de ella. "¿Lo hice bien esta vez, profesora?"

Dev sonrió, incluso a pesar que sabía que él no podía ver su rostro. "Al menos una A o B+. Veamos cómo hacen sus compañeros de clase."

Mientras esperaban que los otros dos se unieran a ellos, Dev se puso de pie y se sentó un poco cerca de la cueva en cuyo borde estaban sentados. Dudó en moverse demasiado; con el calor aumentando tan rápidamente dentro de su traje, no quería ejercitarse más de lo que era necesario. Aún así, no esperaba encontrar una cueva en la ladera, y valía por menos una leve investigación.

Caminó un par de metros hacia la boca de la cueva, pero la encontró totalmente oscura. Aquí estaba aislada de los pequeños halos de luz que proyectaban las estrellas a los que se había acostumbrado, y se resistía a ir más lejos. Por lo que ella sabía, podría haber algún animal viviendo en esta cueva, y ella no tenía necesidad de hacer más enemigos.

Miró su reloj, que le decía que era justamente antes de la medianoche, hora local. Todavía tenían un buen y largo período de ascenso delante de ellos antes de que llegara la luz del día. No pensaba que llegarían hasta la cima en una noche—sin duda no al ritmo que viajaban hasta ahora—lo que significaba que tendrían que esconderse en alguna parte durante el día antes de continuar su progreso la noche siguiente. Una cueva como esta habría sido ideal para ese propósito, pero estaba demasiado abajo en la montaña; debían recorrer tanta distancia como podían esta noche.

Pero si había una cueva, tal vez habría otra más arriba. Era algo que esperaba por lo menos, decidió mientras caminaba hacia afuera para unirse a sus compañeros.

Su sed comenzaba a convertirse en una obsesión. Había una mamila dentro de su casco, y al girar su cabeza, podía tomar un pequeño sorbo de agua caliente en la mochila de su traje. El contenedor sólo llevaba un poco más de medio litro; el traje no había sido diseñado para condiciones tan extremas. Dev tomó sólo un minúsculo trago, y advirtió a sus compañeros escaladores de no desperdiciar su agua demasiado rápido—aún tenían un largo viaje por delante.

La expedición comenzó a adquirir una cualidad de igualdad. El patrón había sido establecido, y trabajaron en él mecánicamente. Dev asumiría el liderazgo hasta encontrar un lugar seguro donde pudieran encontrarse, uno a la vez, y los demás la seguirían. El procedimiento básico, por lo menos, rápidamente se convirtió en rutina para ellos.

Los detalles particulares de las subidas, sin embargo, no lo hicieron. Cuanto más alto ascendían en la montaña, más empinada se hacía la pendiente y más duras eran las rocas bajo sus pies. Hacer la travesía en la oscuridad en un terreno desconocido se convertía en algo cada vez más aterrador. Cada escalador sabía que hasta el más leve error lo enviaría a una caída fatal, y ninguno de sus compañeros podría ayudar en lo más mínimo. Su ritmo se hacía cada vez más lento ya que cada escalador comprobaba sus puntos de apoyo con extrema precaución antes de comprometerse un paso más allá.

El calor era otro factor que contribuía a su lentitud. Todos ahora estaban completamente empapados por la transpiración. Se sentían como si estuvieran nadando en su propio sudor. Las gotitas se filtraban por las frentes de los humanos hacia su interior, quemándoles, y no tenían manera de limpiarlas. Iban durante la mayor parte del camino con los ojos cerrados para evitar que el líquido salado entre en sus ojos al gotear; afortunadamente, la vista no era el más importante de sus sentidos en este momento, pero todavía era un sentimiento antinatural subir una empinada ladera con los ojos cerrados.

Llegaron a otra cueva, y Dev se sintió fuertemente tentada a poner fin a las actividades de esa noche. Cada movimiento era ahora un esfuerzo, y la atmósfera dentro de su traje estaba tan cargada de su propio sudor que se encontró respirando principalmente a través de su boca. Su primer conjunto de tanques de oxígeno estaba a terminarse, así que se tomaron el tiempo para cambiarlos por un nuevo set y enterraron los vacíos detrás de algunas rocas para que los ángeles no los pudieran detectar a la luz del día. El cambio de aire no hizo ninguna diferencia, a pesar de ello; el interior del traje de Dev todavía apestaba a su propia transpiración mezclada con el olor de mantas empapadas.

Tan tentada como estaba de detenerse en esta cueva, Dev decidió no hacerlo. Todavía quedaban tres horas antes del amanecer, y necesitaban hacer el mayor avance posible. Con un suspiro, Dev señaló que debían seguir adelante.

Cada paso, cada paso se había convertido en un acto de auto-tortura. El rifle, el lanzagranadas y los tanques de oxígeno de repuesto sobre su espalda no habían parecido una carga insoportable al principio, pero ahora cada artículo era una tonelada colgando de sus hombros. El relleno empapado dentro de su traje junto a su piel era como arrastrar su propia masa entre algas muertas. Sus músculos gritaban en protesta cada vez que levantaba un brazo o una pierna para empujarse un poco más hacia arriba hacia los dioses en la cumbre. Dejó de pensar por completo y puso su cuerpo en automático. Levantar la pierna hasta el siguiente punto de apoyo, probar su seguridad; levantar el brazo hasta el nuevo asidero, probar su seguridad; empujar hacia arriba con la pierna, gemir ante el esfuerzo; alcanzar la posición estable y jadear para respirar; luego repetir el procedimiento con el otro brazo y la pierna.

No tenía manera de saber hasta dónde habían subido la ladera. Aún no habían alcanzado el nivel de la sahora, pero la sahora estaba sólo al final del pico y no tenía la esperanza de alcanzarla esa noche. La sahora y el hielo, por supuesto, presentarían complicaciones adicionales, en las que ni siquiera quería pensar justamente ahora.

Si esto continúa, pensó, *cuando lleguemos a la cima estaremos demasiado cansados para hacer nada excepto rendirnos.*

Pero si esta subida era difícil para ella, sabía que debía de ser puro infierno para Grgat. El nativo provenía de un clima frío y húmedo, y las condiciones dentro de su traje deben ser al menos tropicales ahora. Además de eso, sus pies estaban apretados en botas que eran demasiado pequeñas para el propósito. Podía percibir cuando estaba con ella que su caminar había adquirido una calidad muy minúscula, y se sentaba o se apoyaba contra los acantilados tanto como le fuese posible. Cada paso debía ser una tortura para él, pero no se quejaba. Estoicamente se mantenía a la par de los demás. Dev admiró su coraje.

Dev encontró que sus músculos se estaban fatigando tanto que temblaban cada vez que hacía algo de presión sobre ellos. En un momento se encontró aferrándose a la cara del acantilado en la misma posición durante cinco minutos antes de confiar en su cuerpo lo suficiente como para seguir adelante. Sabía que no podría continuar mucho tiempo sin descansar. El reloj en su cintura le indicó que restaba una hora antes de los primeros rayos de luz, pero el sudor y la tensión se estaban convirtiendo en demasiado para ella. Debía encontrar un lugar para dejar caer su cansado cuerpo antes de que caiga por la ladera.

Tan pronto como pensó eso, se encontró con la tercera cueva. No podía creer su buena fortuna, ni lo intentó. El hecho de que la cueva estuviera allí era suficiente para ella; podría cuestionar la coincidencia más tarde.

Dunnis y Grgat se las habían arreglado para subir a la cueva con ella, y Larramac estaba en camino. Dev se echó hacia atrás y empezaba a relajarse cuando sintió un fuerte tirón en su cintura. La cuerda la empujó hacia la salida de la cueva y quién sabe cuánto más después de eso. Dev extendió las manos y logró agarrar una roca en el borde, o ella habría sido halada de su posición.

Una voz llegó a sus oídos. "¡Ayuda, me resbalé! Todo lo que tengo para sostenerme ahora es la cuerda." ¡Larramac estaba transmitiendo su ubicación por toda la ladera a través de la radio!

CAPÍTULO 10

La sociedad desea explotar al individuo
responsable pero rara vez lo recompensa.
—Anthropos, *Salud Mental y Sociedad*

Por un momento Dev sólo yació sobre su vientre,
tratando de evitar ser empujada al vacío. No podía
decidir cuál era la peor calamidad—Larramac
usando su radio, o caer. Había, por supuesto, la
oportunidad de que los ángeles no controlaran esa
frecuencia en particular, pero no era una posibilidad
probable. Los ángeles habían tratado con seres
humanos antes, y sabían muy bien qué longitudes de
onda eran estándar para la radiodifusión humana. A
lo sumo, el grupo podía contar con un par de minutos
de seguridad antes que los ángeles se centren en su
ubicación; entonces estarían en luchando por sus
vidas.

Mientras el silencio de la radio se rompía de
todos modos, vio poco más daño al encender su
propia radio. "¡Gros! ¡Ayúdeme a halarlo, rápido! "

Sintió que los fuertes brazos del ingeniero la

alejaban del borde afilado del acantilado. Dunnis estaba probablemente tan cansado como ella, pero poseía reservas de fuerza que ella apenas podía adivinar. Luego hubo más ayuda cuando Grgat se dio cuenta de lo que estaba sucediendo y añadió su fuerza al esfuerzo. En cuestión de segundos, Dev estaba fuera de peligro, pero el problema con Larramac continuaba.

Los tres empezaron a arrastrar la cuerda furiosamente, tratando de halar a su compañero antes de que los ángeles pudieran alcanzarlos. Larramac sería un objetivo sentado, colgando en un espacio abierto al final de la cuerda, y los tres no estarían mucho mejor. Su única esperanza sería conseguir llevar al propietario de la nave sobre su cornisa y meterlo profundamente en la cueva de manera que los ángeles tengan problemas para encontrarlos.

La cuerda raspaba el suelo. Larramac y todos sus equipos hacían un peso de más de cien kilogramos, y cada miligramo de eso se concentraba en un punto—la entrada de la cueva, por donde la cuerda pasaba por un lado. En la mente de Dev podía imaginar que la cuerda se desgastaría hasta convertirse en un solo cordón delgado, que podía romperse bruscamente y dejar caer a su empleador por la montaña hasta morir. Redobló sus esfuerzos e ignoró las protestas de sus músculos que no podían realizar tales funciones.

Repentinamente la cuerda parecía aflojarse. Pasaba por su mente la idea de que sus peores temores se habían realizado; pero entonces se dio cuenta de que Larramac había llegado hasta el borde de la cueva y se metió ella. Todos estaban a salvo por el momento, pero sería un corto momento a menos que se movieran más hacia adentro de la cueva.

"¡Cúbrete, rápido!" gritó, y siguió su propio consejo. Sus piernas tenían otras ideas, sin embargo. Tan pronto como se puso de pie para correr, se derrumbaron debajo de ella, dejándola como una pila flácida y jadeante en el suelo. *De acuerdo, si no puedo correr me arrastraré,* pensó. *¿A quién le importa el orgullo en un momento como éste?*

Moviéndose sobre sus manos y rodillas, se lanzó hacia la boca de la cueva. Podía sentir las vibraciones en el suelo mientras sus compañeros también se cubrían lo más rápido que podían. Tenía el cabello empapado por el sudor, la sudoración le corría por la frente una vez más, así que cerró los ojos...

Incluso con los párpados cerrados con fuerza, pudo ver la ráfaga repentina de luz que golpeó sin aviso, y a través de su casco pudo oír el crepitar de las corrientes de aire. Los ángeles los habían encontrado y empezaban a lanzar sus rayos. Se alegró de que sus ojos estuvieran cerrados; después de esforzarse contra la oscuridad durante tanto tiempo, un rayo tan brillante como ese la habría dejado ciega e indefensa durante unos minutos, presa fácil para el fuego de los ángeles.

El hecho de seguir con vida era muy alentador para ella, sin embargo no tenía manera de saber si todos los demás en su grupo eran tan afortunados. Rápidamente se quitó el rifle de su hombro y se volvió hacia la entrada de la cueva. Abrió los ojos lo más estrechamente posible, bastante como para ver, pero lo suficientemente cerrados para cortar el resplandor de los futuros rayos.

Ella seguía sobre sus manos y rodillas. Podía percibir la presencia de un cuerpo vivo que se movía a su lado—parecía Grgat—y un rayo láser fue lanzado por encima de su cabeza, lo que significaba que por lo menos otro miembro del grupo estaba vivo y devolvía las explosiones de los ángeles.

Otro rayo fue lanzado en respuesta al rayo láser. Dev cerró los ojos durante una fracción de segundo, luego los abrió de nuevo. En el tenue resplandor vio a Larramac acurrucado contra la pared, apenas afuera de la boca de la cueva, y también fuera de la línea directa de los rayos. Buscaba con su propio rifle, intentando ponerlo en posición para dispararle a sus atacantes.

Dev creyó haber visto una silueta oscura en la boca de la cueva. Llevando su rifle hacia arriba, ella miró rápidamente y disparó. Detrás de ella, el rifle de Dunnis también disparó un haz de luz concentrada. Ambos rayos golpearon el blanco con un chorro brillante como rubí, atravesando las placas externas del oso de peluche mecánico. Intentó disparar contra ellos, pero sus circuitos fueron dañados y el perno golpeó espectacularmente—pero de manera inofensiva— contra la pared izquierda de la cueva. Fuera de control, ahora, el ángel se deslizó por la ladera con una fuerte serie de choques hasta que pasó más allá de lo que los seres humanos podían escuchar.

Larramac y Grgat, en este momento, recuperaron sus sentidos y tenían sus rifles listos. Los cuatro miembros del grupo de asalto estaban apuntaban sus armas hacia la entrada de la cueva, incluso cuando se adentraban cautelosamente en el interior.

Aunque se arrepentía de que este enfrentamiento tuviera que suceder, Dev estaba por lo menos contenta de que hubiera ocurrido como sucedió. Si hubieran sido atrapados por los ángeles, los mensajeros de los dioses tendrían un arma mucho más mortal que los rayos. A pesar de que los ángeles eran mucho más pequeños que una nave espacial, sus campos impulsores gravitacionales seguían siendo mortales a corta distancia. Podrían haberse detenido silenciosamente sobre el grupo y haberlos quemado hasta la muerte en cuestión de segundos antes de que el grupo del *Foxfire* supiera lo que estaba sucediendo. Pero los ángeles no podían girar hacia los lados y apuntar sus hacia la cueva, por lo que tendrían que luchar de una manera más honesta.

Otra figura apareció en la entrada. Cuatro rayos azotaron simultáneamente, un pesar de ello solo tres lograron golpear; Grgat estaba obviamente asustado, y había olvidado la mayor parte de la escasa formación que había tenido a bordo de *Foxfire*. Los tres golpes eran suficientes para matar, a pesar de ello; este ángel ni siquiera tuvo tiempo de lanzar un rayo antes de caer, mortalmente herido, al suelo.

Mientras tanto, Dev había estado haciendo unos cálculos mentales rápidos. Entre el resplandor de los rayos láser y el rayo, fue capaz de estimar el tamaño de la abertura de la cueva, y sólo tenía entre tres y tres metros y medio de ancho y alto. Los ángeles tenían cerca de cuatro metros de alto, y tenían una envergadura de cinco metros cuando las alas estaban completamente extendidas. Dudaba que las criaturas pudieran entrar aquí después de ellos. Si ella y su tripulación podían salir de la línea de visión directa de la boca de la cueva, probablemente estarían a salvo del ataque de las criaturas.

Los ángeles también deben haber llegado a la misma conclusión, pues sus tácticas de batalla cambiaron ligeramente. Dado el peligro que implicaba la interacción de sus campos de impulso gravitacional campos, no podían trabajar en estrecha proximidad entre sí; pero al permanecer más alejados de la entrada de la cueva, dos de ellos podrían mantener su separación necesaria y aún así ambos estarían en línea recta de vista hacia el interior.

Esta maniobra los llevó fuera del alcance efectivo de los rifles láser, pero también los dejó al límite de su propio alcance para los rayos. Los rayos llegaron fuerte y rápidamente, abrasando el aire entre ellos y la cueva, pero su exactitud sufrió; la energía se desperdició inofensivamente en las paredes de la cueva y en el suelo.

Dev se puso de pie torpemente y regresó a donde Dunnis disparaba inútilmente su rifle contra los distantes ángeles. Apagando su radio para que los osos de peluche robots no la escucharan, chocó su casco contra el de él. "Use el cañón," gritó.

En el calor de la batalla, Dunnis había olvidado completamente que llevaba el cañón de energía personal. Había estado concentrado en la sencillez y rapidez del rifle, y no había pensado en el arma más compleja atada a su espalda. Dev lo ayudó a desempaquetarla mientras sus otros compañeros continuaban su bombardeo de fuego láser para mantener ocupados los ángeles.

Al calor de la batalla, Dunnis había olvidado completamente que llevaba el cañón de energía personal. Había estado concentrado en la sencillez y rapidez del rifle, y no había pensado en el arma más compleja que estaba atada a su espalda. Dev lo ayudó a desempaquetarla mientras sus otros compañeros continuaban lanzando sus ráfagas de rayos láser para mantener a los ángeles ocupados.

De rodillas en el túnel, Dev y Dunnis trabajaron apresuradamente para montar el cañón. La base se formaba al unir en tres piezas simples, y el arma se colocó fácilmente en su cuna. Dunnis volteó el telémetro, apuntó y fijó las coordenadas en el mini computador de la pistola. Cuando la pequeña luz verde apareció en la parte superior del cañón, disparó.

Una bola de diez centímetros de pura energía salió de la boca del cañón, bajó por el túnel hacia el aire nocturno. Como un bólido, una estela de luz azul-blanca rayaba con velocidad increíble hacia sus blancos gemelos. Si los ángeles lo vieron venir es un punto discutible; incluso si hubieran notado que se acercaba, carecían de los reflejos para reaccionar a tiempo para salvarse.

La esfera de energía golpeó al ángel más cercano justo bajo su sección media. Al instante, el cielo afuera se inundó de brillo mientras el poder contenido dentro de la bola fue lanzado con explosiva rapidez. La mitad inferior del Ángel fue completamente destruida y la superior, totalmente impotente, cayó del cielo al suelo.

Los ángeles no sospecharon que el grupo de humanos tuviera armas tan eficientes a su disposición. El segundo ángel se posó en su lugar, congelado por la indecisión. Antes de que sus creadores pudiesen darle nuevas órdenes, ya estaba condenado. Dunnis había vuelto a apuntar con su cañón y lanzó un segundo disparo.

Esta esfera golpeó perfectamente el centro. El planeta entero parecía sacudirse con el impacto, y el flash visual era llamativo. Fragmentos de metal candente volaban por el aire en todas direcciones, y cuando los humanos podían mirar a continuación, el espacio afuera de su cueva estaba vacío.

Sólo quedan seis ángeles, pensó Dev. *Están destinados a ser más conservadores ahora.*

De hecho, durante un momento pareció que las máquinas de batalla de los dioses se habían quedado totalmente paralizadas. Minutos enteros pasaron y, a pesar de la vigilancia de los cuatro en la cueva, nada sucedió. La boca del túnel permanecía oscura y vacía.

"¿Qué cree que van a hacer?" preguntó Larramac.

"No lo sé. Podría ser casi cualquier cosa." Dev hizo un gesto de negación con su cabeza para borrar algo de la fatiga. "Pero me gustaría que hicieran algo pronto; prefiero el combate honesto a esperar."

En segundos su deseo se cumplió. El cielo afuera de la boca de la cueva se iluminó con repetidos destellos de rayos, pero ninguno entró en el túnel. Al mismo tiempo, las paredes del pasillo vibraban como si se tratara de un fuerte terremoto. El temblor era lo suficientemente fuerte como para poner los dientes de Dev en el borde.

"¿Qué están haciendo?" preguntó Dunnis.

En respuesta, Dev sólo podía señalar la entrada de la cueva. Contra el fondo de relámpagos repetidos, pudieron ver varias pequeñas rocas cayendo del techo de la cueva e ir chocando bajando por la ladera. A medida que el bombardeo continuaba, caían rocas más grandes. Y más frecuentemente.

"¡Hacia atrás!" gritó Dev. "Están intentando sellar la entrada."

Se apresuraron más hacia los recovecos de la cueva, justo a tiempo. Una gran parte del techo, debilitada por el continuo asalto, cayó al suelo con un choque que los sacudió hasta sus pies. Más escombros cayeron encima de eso, y hasta pequeños guijarros directamente desde encima de ellos se sacudieron y llovieron sobre ellos.

Luego de treinta segundos de caos, el mundo se tranquilizó una vez más. La entrada a su cueva estaba completamente bloqueada por escombros. Estaban en total oscuridad, aislados del mundo exterior.

Fue Dunnis quien habló primero, su voz sonó débil en la radio de Dev mientras emergía de la oscuridad absoluta: "¿Qué hacemos ahora?"

"Sé lo que estoy haciendo," dijo Dev. "Estoy saliendo de este traje."

Ahora que la amenaza directa de los ángeles se había terminado temporalmente, no había necesidad de mantener el calor interno de sus trajes. Dev se quitó el casco y tomó un gran respiro. La atmósfera dentro del túnel estaba atascada por el polvo de la cueva, pero por lo menos era fresca y no olía su maloliente cuerpo. Después de un par de respiraciones profundas, deshizo la costura de fijación por la parte delantera de su uniforme espacial y salió de ella. La fría sensación de alivio fue inmediata. No le importaba en lo absoluto que estuviera ahora desnuda en una cueva con dos hombres y un extranjero; incluso si el túnel hubiera sido iluminado con proyectores, la inmodestia habría sido un pequeño precio a pagar por la comodidad del aire fresco sobre su piel.

Su idea parecía popular. A través de la oscuridad pudo oír los sonidos de los otros tres desnudarse también, despojándose de sus uniformes y de los rellenos acolchados que habían estado presionando contra sus cuerpos. Los cuatro se deleitaron con el aire fresco de la caverna, dando la bienvenida a la oportunidad de dejar que su piel respirara. Todos los demás problemas fueron olvidados en ese momento de placer.

Cinco minutos más tarde, Dev decidió que su período de descanso había terminado. Debían regresar a la aterradora realidad. "Muy bien, vuelvan todos a ponerse sus trajes. No se molesten con el relleno—ese truco no funcionará una segunda vez, de todos modos."

Sin el relleno adicional dentro de sus uniformes, debían poder mantener temperaturas cómodas; esa fue la forma en que los trajes fueron diseñados. "Voy a ponerme el casco, también, pero no voy a sellarlo. De esa manera podemos usar las lámparas en nuestras cabezas. No hay necesidad de ser tan reservados aquí; no hay nadie que nos pueda ver."

Esperó un rato para asegurarse de que todos tuvieran la oportunidad de vestirse nuevamente y encendió la luz sobre su frente. Una vez más, después de varios minutos en la negrura, el brillo de la lámpara era cegador; Dev tuvo que cerrar sus ojos y abrirlos lentamente para acostumbrarlos a la luz. No había tenido mucha oportunidad de mirar a su alrededor durante su lucha contra los ángeles, y ahora parecía el mejor momento para hacer balance. Pero lo que vio la sobresaltó por completo.

El suelo bajo sus pies era perfectamente plano excepto por algunas rocas pequeñas y varios desechos que cayeron al ser sacudidos por el derrumbe. Las paredes eran rectas y uniformes, y el techo era un arco liso sobre sus cabezas. Detrás de ellos, la masa de escombros derribada por los ángeles bloqueó la entrada, mientras que delante de ellos el pasaje continuaba hacia la montaña por otros veinte metros antes de desaparecer en la oscuridad más allá del alcance de su lámpara.

Los cuatro invasores observaron silenciosamente esta escena, dejando que las implicaciones de lo que veían se filtraran lentamente en sus mentes. Grgat, en particular, miraba a su alrededor con asombro. Éste era un desarrollo que ninguno de ellos había esperado.

"Esto al menos soluciona un problema," dijo Dev finalmente.

"¿Eh?" Larramac y los demás salieron de sus ensueños con la declaración de Dev, pero el propietario de la nave se recuperó más rápido.

"Temía que estuviéramos completamente atrapados aquí, sin comida y con poca agua. Podríamos cavar nuestra salida, pero los ángeles estarían esperando justo al otro lado de esos escombros, y en el instante en que sacáramos la cabeza, nos destrozarían."

"Aún así no podríamos salir de aquí," dijo Dunnis con tristeza.

"Este obviamente es un corredor artificial y los corredores tienen dos extremos," Dev indicó. "Nadie construye un túnel sin ninguna dirección."

"Estoy preocupado por lo que encontraremos en el otro extremo," dijo Larramac.

"Ah, ahora es de hecho otra pregunta. Estoy segura de que lo que sea estará del lado de los ángeles." Dev inyectó deliberadamente una nota de falsa alegría en su voz. "Pero hemos sobrevivido a las cosas más desagradables que los dioses han podido arrojarnos hasta ahora; Tengo la sensación de que su arsenal podría estar quedándose un poco bajo."

"Así que es nuestro." Apuntó Dunnis detrás de ellos y Dev se volvió hacia la entrada. Su cañón de energía, que habían abandonado rápidamente cuando el techo empezó a ceder, quedó aplastado bajo un gran pedazo de escombros, totalmente inútil.

Dev se sentía mal por la pérdida del cañón. Había sido su armamento más potente. Pero estaba decidida a mantener el ánimo. "Estamos lejos de ser indefensos, con nuestros rifles, pistolas y lanzagranadas. Y los ángeles no pueden volar en este túnel, así que estamos a salvo en eso. Me niego a sentirme deprimida hasta que sea absolutamente necesario."

Ni siquiera trató de ahogar el bostezo que salía de las profundidades de su cuerpo. "Lo que sí siento es cansancio. Me imagino que todos ustedes sienten lo mismo."

Lo estaban, y también estaban bastante hambrientos. Habían pasado doce horas desde que haber tomado algún alimento que no fuera pequeños sorbos de agua. No habían empacado ningún alimento para llevar—ya habían cargado con demasiado peso, según la opinión de Dev—pero tenían algunas pastillas nutritivas. Las píldoras no harían nada para aliviar el hambre que les roía el estómago, pero por lo menos mantendrían los niveles de energía del grupo.

"Todos deberían descansar antes de que ir al otro extremo de este túnel" dijo Dev. "Vigilaré durante un rato y luego despertaré a alguno de ustedes para que me releve mientras doy una siesta. No podemos dormir por mucho tiempo—los dioses saben dónde estamos e imagino que intentarán destruirnos—pero necesitamos un poco de descanso si queremos ser efectivos."

No tuvo que decírselos dos veces. Los otros tres se acurrucaron instantáneamente en el suelo y se quedaron dormidos casi antes de que ella terminara de hablar.

Dev se sentó con su rifle en su regazo y miró a través de la pared lisa frente a ella. Mirando hacia atrás, se sintió decepcionada de sí misma por haber sido sorprendida por la artificialidad del túnel. El hecho de que hubiera descubierto tres de ellas era más que coincidencia; debía haber un patrón regular de su disposición a lo largo de la ladera. Deben ser túneles de acceso hacia el interior de la montaña; le daría sentido a la colocación de tales corredores de manera intermitente a lo largo de la pendiente si había algo dentro de la montaña que valga la pena. Las ideas comenzaban a formarse en su cerebro, y sus labios formaron una sonrisa. Su lucha podría no ser tan desesperada, después de todo. Es posible que los ángeles les haya hecho un favor cortando el resto de su ruta por la montaña.

Repentinamente notó una ligera vibración en el suelo. Sentada derecha, escuchó y pensó que detectó un ligero golpe metálico procedente del extremo oscuro del túnel. Los sonidos estaban justo al límite de su percepción; era difícil afirmar que los había oído en absoluto. Pero en tal situación podría ser fatal esperar ciertas certezas.

Alcanzándolo con el pie, dio una suave patada a la figura que dormía más cerca. Larramac se movió y la miró aturdido. "¿Ya es hora de levantarse? ¡Apenas logré dormir!"

"Shh," Dev susurró. "Creo que escucho algo. Despierta a los demás y diles que se preparen para una pelea."

Diciendo esto, Dev apagó su luz y se puso de pie hacia el otro extremo del pasillo. Si esto era, como ella sospechaba, un túnel en el santuario privado de los dioses, había toda razón para sospechar de un ataque de esa dirección. Los dioses sabían exactamente dónde estaban, y no querrían que estuvieran aquí por cualquier espacio de tiempo.

Cautelosamente, mientras Larramac despertaba a los demás, Dev empezó a bajar por el pasillo hacia lo desconocido. Tenía el lanza granadas sobre su espalda y la pistola lista en su mano. Sus botas se deslizaron silenciosamente sobre el suelo liso, un paso lento y paciente a la vez. No recordaba haber estado más asustada en su vida, pero luchó contra esa emoción. *El miedo limita*, se dijo. *Puede transformar una situación ambigua en una situación sin esperanzas. El miedo vive en ti, no en el evento mismo. Conquista el miedo y habrás ganado la mitad de la batalla.*

Era un consejo fácil de decir pero difícil de aplicar. A pesar de ello, continuó caminando hacia adelante.

Detrás de ella podía oír los movimientos tranquilos de sus camaradas, pero trató de bloquear esos sonidos tanto como fuera posible. Adelante, aquellos débiles sonidos metálicos de raspado se hacían más fuertes. Sabía que no estaban sólo en su imaginación—y se acercaban cada vez más. Su mano se apretó sobre el puño de su pistola.

Finalmente los ruidos se hicieron tan fuertes que Dev supo que estaban cerca. Era difícil calcular la distancia en esta oscuridad total, pero dudaba que los creadores del ruido estuvieran a más de quince metros de distancia. Si procedía mucho más lejos, caminaba directamente hacia ellos. Había sido valiente—¿o temeraria? —para caminar tan lejos, pero ahora se enfrentaba a una diatriba. ¿Qué debería hacer de esta confrontación? Con un determinado clic, encendió su linterna una vez más.

De pie ante ella, había un ejército de robots. Varían en tamaños y formas—algunos eran ovoides, otros cuadrados; algunos alcanzaban los tres metros de altura, otros de tamaños variados hasta sólo un metro. Estaban muy apretados en el túnel, y sus filas se extendían hacia atrás más allá de lo que Dev podía distinguir. Era imposible hacer un conteo exacto de ellos; fácilmente pudieron haber sido cincuenta o más atascados en el pasillo. La primera fila estaba a sólo siete metros de distancia.

Los robots habían estado avanzando lentamente por del túnel hacia el grupo de invasores, pero a medida que la luz se encendió repentinamente, se detuvieron. Incluso los robots podrían ser sorprendidos por lo inesperado, reflexionó Dev. Ella misma permaneció inmóvil, momentáneamente cegada por el resplandor de su linterna y el reflejo de su haz de luz contra tantas superficies metálicas pulidas. Durante unos cuantos segundos sin respiración, los dos lados se miraron, incapaces de moverse.

Entonces el cuadro se rompió repentinamente mientras los robots, abandonando su intento de acercarse furtivamente a los humanos, avanzaban a un ritmo más rápido. Estaban tan abarrotados que no podían moverse rápidamente sin tropezar unos con otros, pero se movían con la determinación implacable de máquinas que harían su trabajo designado sin importar los obstáculos.

Dev retrocedió rápidamente, sabiendo que si estos robots le disparasen, sería un objetivo fácil. Pero los robots no dispararon; sólo continuaron su marcha tras ella. Les dio una inspección más cercana y notó, para su gran sorpresa, que ninguno parecía estar armado.

Trajo su pistola láser y abrió fuego contra un robot que estaba en las filas delanteras. Su disparo dio en el blanco e hizo un agujero cuadrado en su cabeza. La criatura mecánica tropezó y cayó hacia adelante, demorando la marcha de aquellos que estaban justamente detrás de él. el resto de los robots de la línea delantera continuó su marcha, olvidando el destino de su compañero, mientras que los que estaban detrás de la máquina caída comenzaban a caminar sobre ella y siguieron su marcha.

Dev retrocedió unos cuantos pasos más y disparó de nuevo. Otro robot cayó, pero aún así la fila avanzó hacia ella. *Estos robots no necesitan armas,* se dio cuenta. *Pueden aplastarnos con sus números.*

Desde atrás de ella, podía oír los pasos del grupo, mientras sus compañeros corrían hacia ella para rescatarla. "No están armados," les dijo. "Sólo disparen a voluntad."

Los rayos láser salieron de la oscuridad hacia el brillante ejército de metal. Una máquina cayó, otra después, pero la multitud detrás de ellas siguió viniendo, mezclándose entre sus hermanos en su avance al estilo zombi. Los cuatro invasores retrocedieron unos cuantos pasos más y volvieron a intentarlo. Más robots cayeron, y otros rápidamente tomaron su lugar.

"Esperemos que se queden sin robots antes de que nos quedemos sin espacio," dijo Dev mientras seguía disparando contra las filas de máquinas que se acercaban.

"Déjeme volver y conseguir mi lanzagranadas" dijo Larramac. "Podría borrar a muchos de un solo tiro."

"No," insistió Dev. "No en un área tan confinada.

No quiero arriesgarme a encerrarnos más. Estaríamos realmente atrapados. Vamos a intentarlo de la manera lenta por ahora."

Las filas de robots definitivamente iban disminuyendo. Su avance se hacía más lento según más y más de ellos caían bajo el láser de los humanos. Los que estaban en las filas traseras demoraban más ya que debían pasar por encima de los cuerpos de metal dispersos en el suelo antes de convertirse en víctimas de nuevos rayos láser.

La acción se convirtió rápidamente en una masacre. Después de retirarse a mitad de camino de regreso a su lugar de origen adentro de la cueva, el equipo del Foxfire pudo mantener su territorio contra cualquier repliegue adicional. Los robots caían casi tan rápido como la tripulación pulsaba los gatillos, pero seguían avanzando. En un momento dado, el cuarteto invasor tuvo que interrumpir sus disparos para cambiar los paquetes de poder de sus pistolas, pero eso hacía poca diferencia en el resultado de la batalla. Después de media hora, el suelo de la caverna estaba lleno de cuerpos inmóviles de robots. En algunos lugares estaban apilados tan alto que era casi imposible escalarlos.

Mirando la carnicería, Dev sólo podía mover su cabeza con tristeza. "Qué desperdicio."

"¿De dónde vinieron todos ellos?" preguntó Dunnis.

"Desde adentro de la montaña," respondió Dev. "Sospecho que estos son sirvientes de los dioses, tal como los ángeles son sus mensajeros. Estamos muchísimo más cerca de nuestra meta de lo que habríamos sospechado. La montaña es hueca y los dioses viven adentro de ella, no sobre ella."

"¿Quieres decir que todo esto es artificial?" Larramac agitó una mano y miró a su alrededor sorprendido. El concepto de una montaña de este gran tamaño totalmente fabricada era aterrador.

Dev asintió. "Es mi suposición, por lo menos. ¿Recuerda que le dije que los dioses necesitarían una enorme facilidad informática para correlacionar todos los datos que reciben de sus insectos? Eso es lo que es el Monte Orrork: un vasto complejo de ordenadores. Los robots de varios tamaños y formas son probablemente parte del equipo de mantenimiento, un lugar tan grande como este necesita mucho mantenimiento.

Eso también explicaría la razón por la que estaban desarmados. Un robot de mantenimiento no tendría armas, mientras que un robot soldado, sí. Y eso significa..."

Hizo una pausa y miró cada una de sus caras. "Y eso significa que hemos logrado golpear sus defensas. No están preparados para luchar adentro de su fortaleza; todas sus armas—las grandes armas y los ángeles—son para defender el exterior de la misma. No funcionarán adentro. Salvo unas cuantas sorpresas, todavía pueden ponerse las mangas, nuestra oposición definitivamente será menos formidable desde este momento."

Dev sintió una emoción dentro de ella mientras decía esas palabras. Los dioses habían hacho sus mejores disparos, y aún así el equipo del *Foxfire* estaba ileso. Ahora era el momento de luchar. A partir de ahora, su grupo estaría atacando y los dioses a la defensiva.

CAPÍTULO 11

No hay nada común sobre el sentido común.
—Anthropos, *La Bondad del Hombre*

Había sonrisas en las caras de los otros tres. Aunque era bueno que se sintieran más seguros, un poco de ese espíritu podría continuar por un largo camino.

"Eso no significa que vaya a ser fácil," continuó Dev. "No podemos darnos el lujo de descuidarnos en esta etapa del juego. A pesar de todo, todavía quedan muchos robots, y uno realmente grande podría aplastarnos como a unos gusanos."

"Pero tiene razón," dijo Larramac, sonriendo. "Los tenemos huyendo ahora, y debemos tomar la ofensiva inmediatamente o perder nuestra ventaja". Toda sensación de hambre o fatiga había desaparecido de su cuerpo. Tenía la misma ambición de poder que los había obligado a embarcarse en esta aventura desde el comienzo.

Dev suspiró. Los demás habían logrado por lo

menos dormir durante unos minutos en el túnel antes del ataque robot. Ella no. Larramac tenía razón, a pesar de ello—su momento era ahora y no se atrevían a perder la iniciativa. Era su trabajo dirigir el asalto sin importar lo cansada que estuviera.

La responsabilidad puede ser la clave de la cordura, pensó Dev, *pero seguramente se lleva pésimamente con tu patrón de sueño.*

"De acuerdo" dijo ella. "Pero todavía hay algunas precauciones que debemos tomar. Entraremos con nuestros trajes sellados."

"¿Por qué?" preguntó Larramac. "Si esa montaña es su fortaleza personal, habrá aire allí. Los dioses también tienen que respirar, ¿verdad?"

"Probablemente, pero los robots no. Podrían sellar la zona en la que estamos o evacuar la atmósfera o bombear algún gas venenoso. En cualquier caso, nuestros cascos son una precaución bastante simple contra eso, ¿de acuerdo?"

El propietario de la nave admitió que Dev tenía razón. Volvieron a su campamento y empacaron el resto de sus pertenencias, luego caminaron cautelosamente por el túnel hasta la montaña.

"Estas cuevas eran probablemente rutas de acceso mientras se construía la montaña," supuso Dev al caminar. "Los túneles de acceso son necesarios por una variedad de razones. Cuando la montaña terminó de construir, los túneles quedaron como rutas de emergencia. Los dioses nunca pensaron que nadie podría invadirlos de esta manera; todas sus defensas están orientadas a mantener a la gente tan lejos de aquí como sea posible."

Cuando llegaron al sitio de su exitosa batalla tuvieron que proceder mucho más lentamente, trepando sobre los cuerpos de los robots caídos que cubrían el suelo. En varios lugares tenían que proceder uno a la vez, ya que había solo espacio para que un solo individuo se arrastrase por el espacio abierto. Una vez más allá del campo de batalla, avanzaron mucho mejor y llegaron, abruptamente, hasta el final del túnel.

La entrada arqueada les dejaba pocas dudas de que se trataba de una entrada a algún lugar más oficial dentro de la montaña, pero en la actualidad una gruesa losa de metal bloqueaba mayores movimientos. Dev subió e hizo presión contra ella, pero no se movió. Pasando las manos por su superficie, no sentía soldaduras; aparentemente era una gran pieza de metal que descendía desde el techo al piso del túnel y cerraba su camino hacia el interior.

"Nos han sellado," dijo Dev algo obvio. "Si no pueden matarnos con sus robots, por lo menos pueden intentar mantenernos fuera de su dominio. Ni siquiera los cuatro juntos podríamos levantar esa losa."

"Hacia atrás" dijo Dunnis. "Voy a ver si puedo quemar un camino a través de ella."

Dev y los demás obedientemente se pararon detrás del ingeniero cuando el gran hombre quitó el rifle láser de su hombro y concentró su punto de energía en blanco en el centro de la losa. El área bajo el fuego se calentó, primero se puso roja del calor y luego pasó a un color blanco mientras Dunnis continuaba lanzando su rayo contra la losa. Pero después de tres minutos sólidos, todavía no tenía nada que mostrar pese a sus esfuerzos, a excepción de un agujero de alfiler que se acercaba a un centímetro de profundidad en el metal.

"Parece que necesitaremos otra táctica" dijo Dev suavemente. Sabía que el intento de Dunnis fracasaría—esa puerta era demasiado gruesa y pesada—pero no vio la necesidad de decirle eso de antemano. Era mejor que se sintiera útil.

"Sí, probablemente los lanzagranadas sean una mejor herramienta aquí," dijo Larramac.

Dev hizo un gesto de negación con su cabeza. "Incluso una granada o dos probablemente no tengan el impacto necesario para atravesar esa puerta."

"¿Entonces qué sugiere?"

Se dio vuelta hacia Dunnis. "¿Tiene el cartucho de energía de repuesto para el cañón?"

"Así creo." El ingeniero buscó en sus bolsillos y sacó el cartucho blanco de plástico. Dev lo tomó y lo examinó. Costaba creer que una pequeña caja de sólo diez centímetros por cinco por tres pudiese albergar una cantidad tan fantástica de energía.

"No sé si esto funcione," admitió Dev mientras colocaba el cartucho en la mitad de la puerta. "Pero si funciona, será espectacular. Mejor nos pondremos tan lejos de aquí como sea posible." Comenzó a retroceder por el corredor; los demás se unieron a ella.

Dev y su grupo se posicionaron detrás de la barricada de cuerpos de robots. A partir de esta distancia, el cartucho era apenas visible como una pequeña mancha blanca en los límites del resplandor de sus lámparas. "Ahora probar mi puntería," murmuró.

Sacando el rifle de su hombro, Dev lo apoyó con seguridad sobre uno de los robots inmóviles y avistó a través del telémetro. Manteniendo su puntería tan firme como pudo, apretó el gatillo. El rayo láser que disparó al principio salió ligeramente alto y a la izquierda de su objetivo; con precisión clínica lo ajustó hasta que el rayo de rubí golpease el punto muerto del cartucho.

Durante casi medio minuto no pasó nada. Dev no esperaba una reacción inmediata; los fabricantes de esos cartuchos los hicieron fuertes. La energía almacenada en ese pequeño recipiente de plástico era el equivalente a varias toneladas de explosivos químicos. Tenía que ser rígidamente protegido contra un derrame accidental.

Pero la descarga continua de energía del láser durante treinta segundos era más de lo que el contenido pudo ser protegido. Sin ninguna advertencia, el cartucho explotó, liberando toda su energía en una explosión tremenda.

Durante un segundo el corredor estuvo en un silencio mortal, el único sonido era el débil zumbido del rifle de Dev; al siguiente, hubo un rugido que amenazó con ensordecerlos a todos. La conmoción les golpeó expandiéndose al revés incluso a pesar de que estaban a más de veinte metros de distancia. El montón de robots cayó sobre ellos, enredándolos en una masa de extremidades y cuerpos mecánicos. El suelo temblaba debajo de ellos y las rocas del techo llovían, cayendo sin piedad.

La voz de Dunnis llegó a los oídos de Dev por la radio, incluso a pesar de ello, ella no podía ver como él estaba enterrado bajo algunos robots debajo de ella. "Seguro que no cree en las medidas a medio camino, ¿cierto, capitana?"

"Lo que sea para hacer el trabajo."

Hizo un gesto de negación con su cabeza para aclararse y poner sus ojos de nuevo en foco una vez más. Estaba tendida boca arriba, enredada entre las partes de varios robots, mirando hacia el techo. La roca encima de su cabeza estaba seriamente agrietada, y parecía como si pudiera ceder en cualquier momento. Se esforzó por sentarse y miró por el pasillo hasta la puerta, pero no podía ver tan lejos: el espacio intermedio estaba atascado por el polvo sacudido por la explosión. No había manera de saber si su truco había funcionado, pero si eso no hubiera logrado abrir un agujero en la puerta, no había nada más a su disposición que funcionara mejor.

Se levantó débilmente hasta ponerse de pie y subió el montón de basura, hasta que alcanzó a darle una mano para sacar a sus compañeros. Tomó un par de minutos pero eventualmente todos estaban de pie en el corredor, sorprendidos pero de otra forma, desarmados. Todos sus equipos estaban intactos, de manera que Dev comenzó a conducirlos hacia la puerta.

Apenas habrían caminado unos diez metros cuando el techo colapsó sobre su posición anterior, enterrando los cuerpos de los robots bajo una pila de escombros. Los cuatro miraron hacia atrás en silencio y tiritaron.

Dev rompió el silencio. "Bien, no podremos regresar por allí de nuevo." *Como si alguna vez pudiéramos hacerlo.* "Hagamos presión y esperemos que nos escuchen tocar."

Cuando estaban a cinco metros de distancia, vieron que de hecho la explosión había sido exitosa. Había un agujero enorme donde una vez se encontraba la sólida losa de metal. Rayos de luz brillaban hacia el túnel, provenientes de la región que estaba más allá. No sólo la losa, sino la mayor parte de la pared también había sido derrumbada, dejando un agujero de casi cuatro metros para que el equipo continuara su camino.

Cruzaron el portal cautelosamente, con cuidado de no tocar los bordes dentados que los rodeaban, que seguían al rojo vivo en algunos casos. Al otro lado de la puerta, encontraron más cuerpos de robot, destrozados esta vez casi fuera de todo reconocimiento.

"Debieron haber estado esperando aquí para emboscarnos en caso de que encontrásemos alguna manera de abrir la puerta," convino Dev. "No esperaban una entrada tan violenta."

Había habido daños importantes causados al lado opuesto de la pared también. Altos bancos de instrumentos llegaban hasta el techo a cinco metros de altura, pero algunos de los bancos más cercanos habían perdido grandes trozos al haber sido golpeados por pedazos de escombros voladores. Pasillos de un metro y medio de ancho separaban cada fila de bancos, pero los más cercanos estaban esparcidos entre los escombros. El lugar estaba en un silencio sepulcral, y no había señales de movimiento. Los invasores podían haber estado solos dentro de la montaña durante todo el tiempo que quisieran.

Al mirar a su alrededor, se hizo evidente que era el complejo de computadoras que Dev había imaginado. A pesar eso, la configuración había sido diseñada y construida por alienígenas, la forma seguía a la función—y los tres humanos habían estado en demasiadas instalaciones de computación como para no saber reconocer qué era.

"Imagine una montaña entera como esta," susurró Dunnis, impresionado por la escala de las obras a su alrededor.

"Sí," dijo Larramac, "pero el lugar parece desierto. ¿Donde están todos?"

"La mayoría de los sirvientes que permanecían en este nivel probablemente nos recibió en el túnel," dijo Dev. "El resto estaba cuidando la puerta cuando la abrimos. En este momento no hay nadie más en este piso. Mi conjetura, a pesar de ello, es que los dioses redirigirán algunos personales aquí en el doble. Sugiero que sigamos avanzando si no queremos que nos atrapen."

Para dar el ejemplo, empezó a bajar por una fila que se extendía inmediatamente por delante de ellos. Los silenciosos bancos de computadoras se alzaban a ambos lados de ella, fríos y misteriosos, y el pasillo se extendía hasta el momento antes de que esa perspectiva encogiera el otro extremo hasta un punto. No había ninguna razón en particular por la ella eligió esta dirección sobre ninguna otra; sólo sentía la necesidad de moverse, y cualquier dirección serviría hasta saber supiera algo más acerca de el camino que debía tomar.

Los demás la seguían lentamente, mirándolos

con el cuello a ambos lados como si estuvieran caminando por una catedral medieval. "¿No cree que es un poco inusual" comentó Larramac "que hasta ahora no hayamos visto una sola criatura viviente? Están los ángeles, los robots, esta computadora— pero ¿dónde están los dioses?"

"Aún no tengo la respuesta para eso, pero tengo la sensación definitiva de que ambos encontraremos al mismo tiempo."

"¿Sabe qué? Estoy empezando a pensar que no hay dioses. Tal vez todo este escenario se estableció para correr automáticamente y los dioses murieron en algún lugar a lo largo del camino, sin embargo, todo el esquema loco continúa a lo largo de su propio impulso."

"Ciertamente es posible" concedió Dev. El complacer a su jefe era realmente hacer algo serio pensando en un cambio. "O, si no son inexistentes, por lo menos son muy pocos en número. Han vivido en esta montaña por lo que parece ser siglos como mínimo, posiblemente incluso milenios. Si no fueran capaces de reproducirse, ciertamente estuvieran muertos ahora. Si se reprodujeron, tendrían que mantener sus números muy limitados o invadirían su santuario. Lo que estamos luchando—lo que siempre hemos estado luchando, es esencialmente una fuerza pequeña con recursos muy grandes."

"Una de las ventajas que tenemos," comentó Dunnis, "es que ellos apenas pueden lanzar un gran ataque contra nosotros aquí. Si intentasen lanzar rayos, estarían dañando sus propias computadoras. No se arriesgarían, ¿verdad?"

Dev estaba muy sorprendida agradablemente.

Hasta su inerte ingeniero estaba haciendo observaciones astutas. *La cercanía a estas computadoras debe tener efectos saludables*, pensó. *Quizás pensar sea contagioso.* "Probablemente no."

"Pero podemos arriesgarnos," dijo Larramac. "Apuesto a que podríamos lanzar unas granadas en estos bancos de computadoras y realmente capturar sus operaciones." Había un brillo salvaje en su ojos que a Dev no le gustaba en absoluto.

"¡No!" contestó ella con firmeza. La destrucción peligrosa violaba sus sentidos de ética y ética, pero sabía que tendría que llegar a razones más concretas que esa para lograr disuadir a su jefe de la idea de causar estragos en todo este complejo. "Por una cosa, no sabemos lo que está controlado por estas partes en particular de la computadora. Destruirlas podría resultar en uno de los ángeles destruyendo todo un pueblo. O toda la montaña podría estallar en lo alto, con nosotros dentro.

Además, sólo somos inmunes a los ataques hasta cierto punto. Mientras no hagamos ningún daño terrible, pueden dejarnos solos por un tiempo. Pero si nuestra destrucción llega demasiado lejos... bueno, sólo pregúntele a cualquier médico. Preferiría amputar una extremidad que arriesgar la salud de todo el cuerpo. Si llegamos a ser una 'infección' demasiado severa, los dioses pueden decidir que la amputación es la mejor alternativa y probablemente tengan el poder de hacerlo. Prefiero que piensen que pueden contenernos hasta el último momento posible."

Por supuesto, ninguna metáfora era totalmente exacta. La amputación no siempre era posible si la infección estaba en el torso o en la cabeza, pero Dev no tenía idea de dónde estaban esas áreas vitales dentro de este complejo de ordenadores.

Larramac aceptó su argumento, pero dejó en claro que no le gustaba. El muchacho desesperado dentro de él no le hubiese gustado más otra cosa que correr por ahí dejando una destrucción desenfrenada en su estela. Dev se dio cuenta de que había tenido suerte hasta ahora, pero ¿cuánto tiempo más sería capaz de mantener esos impulsos temerarios de él bajo control?

El pasillo en el que viajaban se entrecruzaba más o menos cada diez metros por una trayectoria perpendicular, estableciendo que el patrón de suelo era como una rejilla rectangular. Habían cruzado siete intersecciones ya y el extremo lejano del pasillo no parecía más cerca de lo que era cuando comenzaron. Sin embargo, al cruzar la octava intersección, Dev captó un breve destello de movimiento hacia un lado. En el momento en que pudo girar su cabeza para ver qué había desaparecido, pero ella sabía que había *algo* allí.

"¡Por aquí!" gritó, dirigiéndose por el pasillo donde había estado el movimiento. "Vi que alguien se fue por aquí abajo."

Los demás iban sobre sus talones mientras corría por el pasillo. Varias filas hacia abajo, vio a un robot correr a toda velocidad a lo largo de un banco de instrumentos. Pensando que podría llevarlos a algún lugar significativo—y sin tener una mejor dirección hacia dónde ir— lo siguió.

Estaban a la mitad de una fila cuando dos cosas sucedieron simultáneamente. Las luces a lo largo de este nivel de la montaña se apagaron, dejándoles en una oscuridad tan completa como la de la cueva. Esto en sí no habría sido una desventaja demasiado grande, ya que tenían las linternas en sus cascos. Sin embargo, al mismo tiempo su mundo se oscureció, las paredes comenzaron a caer sobre ellos.

Había sido una emboscada, Dev se dio cuenta tardíamente, fue un truco para que corrieran por este pasillo en particular. Esta sección de la computadora no era tan vital como otras, y los dioses estaban dispuestos a sacrificarla para acabar con los invasores alienígenas.

Varios robots que esperaban en la siguiente fila debían estar empujando con fuerza contra un banco de computadoras y, en la oscuridad, cayó sobre el grupo invasor. Si este gran volumen hubiera sido capaz de golpear a los cuatro intrusos por completo, los habría aplastado en el suelo; pero afortunadamente los dioses, en su apresuramiento (¿o pánico?), pasaron por alto la geometría básica de la situación.

Cada pila de equipos alcanzaba el techo, que era de cinco metros de altura, mientras que los pasillos entre los bancos eran sólo un metro y medio de ancho. Cuando la pared se cayó, golpeó la siguiente pared antes de que pudiera aplastar a la gente en el pasillo. La fuerza de su impacto hizo que ese banco, a su vez, se derrumbara, dando origen a un efecto dominó.

A lo largo de la cadena, los bancos de computadoras cayeron al suelo, golpeando al siguiente a su vez. El suelo resonaba con un sonido continuo que casi rivaliza con la explosión del cartucho de energía en volumen. El sonido casi había desaparecido cuando su eco llegó a ellos. El nivel cerrado hizo que el ruido reverberara dentro de él, sacudiéndolos completamente. Pasaron más de dos minutos antes de que el sonido empezara a morir.

El equipo del *Foxfire* había sido golpeado hasta caer al suelo, pero no fue aplastado. Un extremo de la pared que había caído sobre ellos ahora descansaba en el fondo de la pared que había derribado, dejando así un espacio en forma de cuña a través del cual los invasores todavía podían moverse. "Creo que perdieron esta vez," dijo Dev en voz baja cuando el ruido se detuvo. "Pero fue una llamada terriblemente cercana. Será mejor que salgamos de aquí y nos mudemos de nuevo antes de pensar en algo mejor."

Tomando el liderazgo una vez más, Dev se arrastró hasta la siguiente intersección y miró a su alrededor. Sabía que había robots a su alrededor; después de todo, alguien había golpeado esa pared sobre ellos. Pero ninguno fue visible inmediatamente en la oscuridad. Encendió su linterna y entonces, con el arma en la mano, se salió del desorden y se puso de pie en la intersección.

Dunnis se había arrastrado detrás de ella y empezaba a ponerse de pie cuando Dev vio al monstruo. Casi alcanzaba el techo, un cilindro con pesadas piernas que se apoyaba sobre ella. Sus brazos eran insignificantes en comparación con su cuerpo, pero los brazos no eran lo que preocupaba a Dev. Un robot de ese tamaño podía fácilmente medir seis o setecientos kilos, y eso no era nada con lo que quisiera enredarse.

Instintivamente, ella disparó contra él. Su rayo láser lo cortó tan fácilmente como había pasado a través de los demás, pero con un gigante de este tamaño era más difícil alcanzar un área crucial. Las piernas golpeaban, cubriendo la distancia intermedia a un ritmo alarmante. Dev disparó varias veces más a través de diferentes porciones de su cuerpo, tratando desesperadamente de detener su avance.

Finalmente, uno de sus rayos golpeó algo vital. La criatura se detuvo con un pie extendido, se tambaleó y empezó a caer directamente hacia ella. Incluso "muerto" todavía podría matarla si alguna parte de su increíble volumen aterrizase sobre ella directamente.

Dev empujó al sorprendido Dunnis hacia atrás, hacia la parte superior de la pared que acababa de subir. Usando la reacción de ese esfuerzo, saltó hacia el siguiente pasillo. El robot cayó al suelo con un estruendo justo en el lugar que los humanos habían desocupado unos segundos antes.

Sintiéndose como el David bíblico, Dev se puso de pie y se cepilló, luego se volvió para mirar al Goliat que había matado. Esperaba que no hubiera demasiadas criaturas más de ese tamaño esperando por ellos en toda la montaña.

"Bien, no hay moros en la costa por el momento," dijo. "Todos fuera de su escondite. Debemos movernos de nuevo."

Dunnis se levantó tembloroso una vez más, mientras que Grgat y Larramac salían de abajo de la pared caída. Dev empezó a caminar de nuevo hacia adelante, poniéndose más impaciente con cada paso. El interior de esta montaña era un lugar grande;

ellos podrían vagar durante días y no encontrar el lugar donde los dioses se ocultaban. Hasta el momento, no habían descubierto pistas significativas, y se estaba volviendo un poco molesta consigo misma.

Un sonido metálico los alcanzó desde más allá en la montaña. Habían oído ese sonido antes: un ejército de robots avanzando. Sólo que esta vez no hacían ningún intento de callarse y se acercaban furtivamente a los invasores. Esta, ahora, era toda la guerra.

Era difícil saber con precisión dónde se originaba el sonido, y sus linternas no penetraban en la oscuridad lo suficiente todavía para poder ver al ejército. Todo lo que podían hacer era seguir avanzando, con sus rifles listos, hasta que vieron al enemigo.

Después de caminar otros cincuenta metros, la horda de robots apareció. Este grupo hacía ver trivial al primer lote. Debían numerarse fácilmente en los cientos, y todos marchaban hacia el equipo del *Foxfire* con un único propósito determinado: aplastar a estos intrusos.

"Creo," dijo Dev con calma, "que ahora es el momento para usar el lanzagranadas."

Ella encintó su rifle alrededor de su hombro mientras hablaba y sacó el lanzagranadas que había estado cargando durante todo este tiempo. El arma era corta y rechoncha, parecida a una escopeta con un solo cañón grande. Las granadas que disparaba estaban contenidas en un clip y medían poco más de ocho centímetros de diámetro. Cada clip contenía cinco granadas.

Los robots se movían con sorprendente velocidad. En el momento en que Dev tuvo su lanzador listo, las máquinas se habían acercado cincuenta metros. Si se acercaban mucho, Dev no se atrevería a disparar las granadas, o la explosión afectaría a su propio grupo también.

No tenía tiempo para apuntar. Llevando el lanzador rápidamente, disparó directamente hacia la multitud de robots. La granada aterrizó en medio de la línea delantera y explotó al impactar. La fuerza de la explosión desgarró diez robots directamente y dispersó en grandes trozos a algunos de sus compatriotas, desactivándolos también.

Dev, sin embargo, no esperó a ver el éxito de su primer disparo; en lugar de eso, lanzó un segundo disparo sobre las cabezas del primer grupo y en un grupo medio congestionado de máquinas. La segunda explosión fue aún más exitosa, destruyendo una veintena de robots.

A su lado, Larramac usaba su lanzagranadas de una forma más deliberada pero igualmente eficaz. Estaba aprovechando el hecho de que los robots se veían obligados a viajar a través de los pasillos comparativamente estrechos entre los bancos de computadoras mientras atacaban, colocando sus disparos en medio de pasillos abarrotados. Cada granada destruía entre veinte y treinta enemigos, sin embargo, venían incansablemente.

Dunnis y Grgat se mantenían ocupados también, usando sus rifles para despachar más enemigos. Los rifles eran más lentos y menos eficientes, pero los robots eran objetivos fáciles. Tan cerca como estaban, era casi imposible no golpear algo con una rayo disparado en línea recta.

Y sin embargo, a pesar de todos los estragos que estaban causando, Dev tuvo la clara impresión de que su equipo estaba perdiendo. Ya más de un centenar de robots habían sido destruidos; sin embargo, había cientos más detrás de ellos, dispuestos a continuar la batalla. Ella y Larramac sólo tenían unos pocos clips de repuesto para sus lanzagranadas, y se estremeció al pensar qué pasaría cuando esa munición se acabara.

"Tendremos que correr para eso," gritó, incluso a pesar de ello la radio llevaría sus palabras a los oídos de sus amigos sin importar el volumen de su voz.

"¿Por qué?" preguntó Larramac. "Los estamos llevando bien."

"Si éstos fueran soldados vivientes, tendrían miedo a la muerte—podríamos esperar asustarlos para que abandonen el ataque y huyan. Pero nada va a detener a esos robots. Todavía hay más de ellos de los que podemos manejar— a menos que usted piense que hay algo particularmente sagrado acerca de morir en este lugar." Ella comenzó a correr por el pasillo cruzando hacia su izquierda y los otros, a regañadientes, la siguieron.

"¿Qué intenta hacer?" gritó Larramac mientras corría.

"Flanquearlos. Somos más rápidos y maniobrables que ellos. Si podemos pasar por detrás podremos tener una oportunidad."

"¿Cómo lo sabes?" exclamó Dunnis. "Pueden darse la vuelta y ser tan peligrosos desde atrás como desde el frente."

Grgat no pudo de mantenerse al día con ellos.

Sus apretadas botas eran infiernos para sus amplios y planos pies. Había estado cojeando antes, pero ahora su galope desigual habría sido cómico si la situación no fuera tan grave. Echando un vistazo por encima de su hombro, Dev vio que ya estaba retrasado diez metros detrás del resto y cayendo más atrás cada segundo.

Cuando se detuvo, Dev esperó a que los otros dos hombres la pasaran y volvió a cuidar al daschamés. "¿Estás bien?" le preguntó.

El nativo no había hablado mucho desde que su asalto comenzó horas atrás. Jadeaba al tiempo que decía, "No les he causado sino problemas. Sigan sin mí ahora. Tendrán una mejor oportunidad."

Eso bien pudo haber sido cierto, pero Dev todavía tenía algunos principios a los que se adhería rígidamente, y no abandonar a un amigo era uno de ellos. "Tonterías, estaremos bien. Gros, Roscil, vuelvan aquí. Grgat puede poner sus brazos alrededor de sus hombros y ustedes podrán apoyarlo."

Larramac se volvió hacia ella, con abierta rebelión en sus ojos. "No podemos dejar que nos arrastre con él," dijo. "Si no puede mantenerse, que se quede atrás. Todos conocíamos los riesgos cuando empezamos."

Era todo lo que Dev podía hacer para contener su temperamento. No tenían tiempo para una competencia de gritos. "En caso de que lo haya olvidado," dijo con los dientes casi apretados, "necesitamos que Grgat sea nuestro enlace con el resto de Dascham una vez que hayamos eliminado a los dioses. Fue él quien le prometió la recompensa,

¿recuerdas?"

La expresión de rebelión vaciló en el rostro de Larramac. *Su problema,* decidió Dev, *es que no tiene principios para darle una dirección estable.* "Vamos, rápido," continuó con todo el poder que podía poner en su voz. Todavía tenemos una oportunidad si se apuran.

Dunnis volvió a obedecer y Larramac, después de un largo momento de dudas, hizo lo mismo. Había una mirada de odio hacia Dev, sin embargo; no le gustaba ser golpeado en público. Estaba guardando sus maldiciones contra ella, de eso estaba segura; sólo esperaba que no tratara de cobrar el pago antes de que se acabara el fiasco.

Con los dos hombres apoyando el peso de Grgat, comenzaron de nuevo, moviéndose tan rápido como podían. Dev se sorprendió gratamente al descubrir que, incluso llevando a los nativos como estaban, todavía eran capaces de moverse a tres cuartas partes de su velocidad. El proceso podría tardar un poco más, pero todavía tenían la oportunidad de flanquear a los robots.

"Todavía no ha respondido a mi pregunta" dijo Dunnis mientras corrían. "¿Por qué estamos tratando de ponernos detrás de ellos?"

"Todos esos robots no estaban en este piso desde el principio," explicó Dev. "Tuvieron que venir aquí desde otros pisos. Y para hacer eso, necesitaban un conducto gravitacional o algo similar. Volver a la dirección de donde vinieron es la mejor manera de encontrarlo—y necesitamos un conducto gravitacional si vamos a encontrar los dioses, porque no es probable que estén en este nivel".

Esa explicación parecía satisfacer a sus compañeros, y pasaron un rato en silencio. Los robots se habían dado cuenta de su cambio de dirección; Dev mantuvo un registro de su progreso cada vez que cruzaba una intersección. Toda la horda mecánica se había ido hacia un lado y seguía persiguiéndolos, acercándose cada vez más. Todavía no había signos de adelgazamiento en sus filas que indicaran que el equipo del *Foxfire* estaba llegando a la parte trasera de su formación.

Ocasionalmente, Dev se detenía por un momento, dejando que sus compañeros pasaran, y lanzaba una granada en medio de los robots que se aproximaban. Las explosiones producían una cantidad satisfactoria de daño, pero apenas parecieron ralentizar el avance del enemigo. Frustrada, continuaría.

Finalmente, a pesar de ello, el número de robots a su derecha se hizo menor, indicando que la mayor parte del ejército estaba ahora detrás de ellos. "Por aquí ahora," indicó Dev, moviéndose por un camino cruzando hacia su derecha. Los demás siguieron, pero cada vez más lentamente. Estaba claro que Dunnis y Larramac se cansaban de llevar el peso de Grgat durante todo este tiempo. Dev esperaba que no tuviesen que caminar mucho más antes de encontrar el conducto que ella quería.

Los robots se habían invertido y venían detrás de ellos otra vez. Dev sabía que podían tener que soportar y luchar una vez más, pero no quería. Idealmente, lo que ella quería hacer era encontrar ese conducto y dejar este nivel antes de que los robots pudieran alcanzarlos.

Después de ejecutar un patrón en zigzag a través de los pasillos de los bancos de computadoras durante otros tres minutos, fue Dunnis quien vio el conducto primero. "¡Allí!," gritó, y los demás se movieron instintivamente hacia donde señalaba.

Dev nunca había visto un pozo de elevador tan grande en toda su vida, a pesar de considerar el gran número de robots que podía transportar. No debía haberse sorprendido. El conducto era un cilindro largo de casi veinte metros de diámetro; se extendía más allá de lo que ella podía ver. Había otras diferencias entre los conductos gravitacionales que eran estándar en los mundos humanos, sutiles, pero lo suficiente como para darle dudas sobre el modo de funcionamiento del conducto.

Sacando de nuevo su lanzagranadas, disparó una granada por el pozo. Parecía que tardaba una eternidad antes de escuchar la explosión, muy lejos. Podían ver pequeñas chispas volando y chisporroteando; el disparo de Dev había tenido el efecto deseado.

Larramac soltó a Grgat y sacudió a su capitana por los hombros. "¿Para qué hizo eso?"

"Tuve que poner al conducto fuera de servicio. Por un lado, les impide transferir más robots de un nivel a otro. Por otra parte, evita que se nos presenten sorpresas desagradables—como encender la energía cuando estemos adentro del pozo... o apagarlo y dejarnos caer."

"Pero, ¿Cómo lo usaremos ahora?"

Dev encendió su luz para mostrar la serie de peldaños a lo largo de la pared del pozo cerca de la abertura. "Manualmente," dijo. "Bajaremos, al igual que subimos la montaña."

"¿Abajo?" Larramac estaba confundido. "Pero los dioses viven encima de Orrork."

"Grgat nunca dijo eso" replicó Dev. No tuvieron mucho tiempo antes de que llegara el ejército robot, y se estaba impacientando con la estupidez de su jefe. "Estábamos basando nuestra asunción en los antiguos mitos terrestres del Olimpo y esas cosas. Pero piense por un segundo. Imagine que usted forma parte de un pequeño contingente, perdedores en una guerra espacial. Viene aquí, está extremadamente orientado hacia su defensa. Construye una montaña entera para servir como cuarteles. ¿Donde viviría? ¿Justamente en la parte superior, en la posición más expuesta posible? ¿O abajo, en el fondo absoluto, con toneladas de equipos interpuestos entre usted y cualquier enemigo posible? Mi dinero está en encontrarlos en el sótano."

Larramac parecía como si quisiera tiempo para considerar el argumento de Dev. Pero no había tiempo. Los sonidos de los robots que avanzaban se oían cada vez más cerca. "Puede quedarse allí si quiere," dijo Dev, "pero en cuanto a mí, voy a bajar ahora mismo."

Alcanzando el peldaño más cercano, se metió en el pozo y comenzó su descenso.

CAPÍTULO 12

La culpa es una trampa tentadora para los incautos. Te deja fingir responsabilidad mientras te revuelves en el ego.
—Anthropos, *La Mente Sana*

No pasó mucho tiempo para que los otros tres decidieran que ella tenía razón. Apenas había empezado a bajar por los peldaños cuando se dio cuenta de que Grgat y Dunnis venían justo encima de ella, el nativo cojeaba notablemente. Larramac, después de sólo un momento de vacilación, se les unió. Estaban al final de su asalto, y Dev mantuvo todos sus cansados sentidos alerta ante señales que pudieren indicar problemas.

Los peldaños que se proyectaban desde la pared del pozo del ascensor eran tubos semicirculares de metal de unos treinta centímetros de diámetro, pero estaban separados de una manera extraña para los humanos. Construidos originalmente para acomodar robots y/o dioses como ruta de emergencia, estaban más cerca entre sí de lo que se consideraba estándar en la sociedad humana. Dev descubrió que tendrían que dar pasos más cortos o más largos, y eso de cualquier manera afectaría su ritmo de andar. Finalmente decidió hacer muchos pasos más cortos, aunque hacerlo significaba un uso más frecuente de sus ya abusados músculos.

El pozo estaba tan oscuro como la ladera había estado durante su anterior ascenso. Dev descendía tan rápido como permitían sus cortos pasos, preocupada de que los dioses intentasen algunos nuevos trucos mientras los invasores estuvieran en una posición relativamente indefensa. Por su mente se cruzó la idea que ella podría repentinamente dar un paso en falso, cayendo cientos de metros más abajo y morir, pero desechó ese miedo como algo demasiado ridículo. Estos peldaños se habían fijado a intervalos regulares en esta pared para su uso por los dioses en caso de una emergencia. Difícilmente tendrían la molestia de engañarse a sí mismos.

Creyó haber detectado un movimiento repentino cerca, pero cuando giró la cabeza, el rayo de la linterna no reveló nada más que aire vacío. Un momento después, sin embargo, sintió algo distinto por el borde de su traje, cayendo hacia el suelo. "¿Alguien dejó caer algo?" preguntó.

"Son los robots," dijo Larramac, que era quien estaba más arriba en la escalera y podía ver lo que estaba pasando al nivel que acababan de dejar. "Nos están tirando cosas desde puerta. No son cosas pesadas, aparentemente, sino cualquier cosa que tengan a la mano."

"No deben ser pesadas," dijo Dev. "Tienen a la gravedad trabajando de su lado."

En privado se insultaba a sí misma con todos los sinónimos de 'tonta' por no poder anticiparse a este problema. El bombardeo era el arma más simple y más eficaz que los robots tendrían en esta situación. La aceleración gravitacional en Dascham era aproximadamente igual a la de la Tierra, lo que significa que un objeto que cae ganaría velocidad a razón de diez metros por segundo. La masa inicial no era un factor de importancia; incluso una canica podría ser mortal al caer desde una altura lo suficientemente elevada.

Este bombardeo sólo llegaría a ser cada vez más peligroso mientras más abajo ellos estuvieran. Tendrían que moverse rápidamente en el instante en que llegaran al fondo, por temor a que los robots lanzaran un montón de cosas encima de ellos, aplastándolos.

"Será mejor que ralenticemos un poco nuestro ritmo," dijo. "Péguense tan cerca de la pared como puedan y asegúrense de cada paso. Lo único a nuestro favor es que será más difícil para ellos apuntar mientras estemos más lejos."

Prestando atención a su propio consejo, hundió su cuerpo contra el costado del pozo. Más cosas que caían brillaban ante ella en cantidades cada vez mayores. Ella vio algunos de ellos con el haz de su linterna. No eran canicas lo que los robots lanzaban, sino piezas de máquinas. O bien habían regresado a recoger piezas de sus compañeros caídos en la persecución, o bien se estaban desmantelando deliberadamente en el esfuerzo de detener a los invasores.

Roscil lo tendrá peor, pensó. *Está en lo más alto*

de escalera, es el primer objetivo. Tengo otros tres cuerpos delante de mí; debo estar relativamente protegida.

Desafortunadamente, no funcionaba de esa manera.

Un pedazo grande de metal la golpeó fuertemente en el hombro derecho justo en el instante en que había sacado su mano izquierda para bajar otro peldaño. El golpe fue como un guiño, no fue extremadamente doloroso, pero la sorprendió lo suficiente como para hacerle soltar su mano derecha también. Se dio cuenta del error en el instante en que lo cometió, y salió agitando sus brazos intentando atrapar algo. Los dedos de su mano izquierda rozaron un peldaño pero no pudo agarrarlo. Con un grito involuntario, cayó de bruces entre la oscuridad.

Hubo una fuerte sensación de rotura y un dolor se disparó por toda la longitud de su pierna izquierda. Jadeó y gritó por segunda vez. El mundo parecía extraño y su cabeza estaba girando, pero la caída se había detenido. Sintió ardor en su pierna izquierda. Trató de inclinar su cabeza hacia arriba para ver cuál era la situación.

Mientras caía, su pie izquierdo se deslizó por el espacio entre dos peldaños, y se había quedado incrustado allí, salvando su vida. Ahora colgaba boca abajo en el pozo oscuro, suspendida por esa pierna. El dolor palpitaba; Su tobillo izquierdo estaba torcido, si no realmente roto. Pero eso era preferible a tener todo su cuerpo roto en el fondo del pozo en este momento.

Entre pantalones ásperos, le contó a sus

compañeros lo que había sucedido, y que debían tener cuidado de no bajar sobre sus pies mientras descendían. Grgat estaba al lado de ella y, al bajar, iluminó su cuerpo.

"Trataré de alcanzarte," dijo. De pie en el peldaño justo encima del que había atrapado su pie, el nativo se apoyó de la pared con una mano y trató de alcanzarla con la otra. Dev luchó contra la gravedad para subir hacia él, pero tenía miedo de usar demasiada fuerza; no quería que su apoyo se aflojara y la enviara hacia el suelo.

Pero el alienígena simplemente era demasiado pequeño; no había forma de que pudiera alcanzar la mano extendida de la capitana.

"Espera un minuto," jadeó Dev. Tengo una idea. La cuerda que habían usado para subir la ladera seguía atada a su cintura. Aflojando uno de sus extremos, la arrojó al nativo. "Atrapa esto."

Sus lanzamientos eran muy malos y ni siquiera se acercaban a él en los primeros intentos. Siguió cayendo de nuevo hacia su rostro, y dudaba que alguna vez lo hiciera bien. El dolor en su pie era tan severo que apenas podía ver directamente, y podía sentir el agarre debilitándose. La sangre corría hacia su cabeza; sus sienes estaban palpitando. Si no lo hacía pronto, sabía, perdería completamente su agarre y se caería hacia una muerte rápida.

El siguiente lanzamiento fue un éxito. Grgat atrapó la cuerda y la haló con fuerza. Dev cerró sus ojos con gratitud y empezó a levantarse. Sus brazos se sentían como hule de goma mientras se tensaba. Más escombros que nunca seguían cayendo cerca de ella, y tenía una imagen viva de lo que significaba ser golpeada por otra pieza y haber sido golpeada hasta caer, justo cuando el rescate estaba a su alcance.

Los músculos de su cintura estaban apretados mientras se esforzaba por inclinarse hacia adelante. Con una mano Grgat se sostenía firmemente hacia un peldaño, mientras su otra mano estaba extendida sosteniendo la cuerda con firmeza. Cuando Dev se acercó lo suficiente, alargó una mano hacia la pared y logró agarrar el peldaño justo encima del que estaba Grgat. "Lo logré," jadeó, por lo que los dos hombres de arriba supieron que estaba a salvo.

Un pedazo de metal grande y pesado caía hacia abajo del pozo. Por lo que Dev podía ver, era irregular en forma, parte de una pieza de maquinaria. Grgat seguía inclinándose hacia afuera, sin haber tenido la oportunidad de apoyarse contra la pared. El pedazo de metal lo golpeó fuertemente, justo en la parte posterior de su casco.

Los cascos espaciales fueron construidos para soportar tanto abuso como los diseñadores podían imaginar, incluyendo el impacto de un meteorito. El casco de Grgat no se deshizo del golpe, a pesar de ello, el sonido del contacto resonó a través de esta parte del pozo del elevador. Llegando tan inesperadamente como lo hizo, sin embargo, el golpe sorprendió al daschamés. Su cabeza se inclinó bruscamente hacia adelante y sus manos soltaron su agarre contra los peldaños. Cayó junto a Dev en el abismo.

Dev apenas había recuperado su propio dominio cuando su fuente de apoyo fue derribada. Instintivamente, extendió su otra mano para agarrar otra cuerda y mantenerse firme. No tenía más manos para alcanzar a Grgat y evitar que cayera. Y así él cayó, mientras que todo lo que ella podía hacer era mirarlo caer hasta salirse de su vista y morir en el piso del pozo bajo ellos.

Agarró los peldaños con fuerza y encontró sus manos temblando. Grgat acababa de salvarle la vida, y ella no había podido devolverle el favor. Su propia cercanía a la muerte la había puesto en un leve estado de shock; el fallecimiento de uno de sus compañeros la impactó aún más. Se acercó a la pared y sostuvo los peldaños en un agarre frenético y comenzó a sollozar abiertamente.

Es mi responsabilidad, pensó una y otra vez. *Le fallé. Debí haber sido capaz de hacer algo.* El resto del universo parecía desaparecer, y ella estaba sola consigo misma.

"¿Capitana?" Una voz suave penetró en su vacío. Ella la reconoció como la de Dunnis, pero estaba demasiado hundida como para reaccionar.

"Capitana, sé que se siente mal por él, pero no podemos quedarnos aquí para siempre."

¿Por qué no?, Dev se preguntó. Todo este ataque había sido un fiasco desde el principio. Nunca habían tenido oportunidad contra las fuerzas superiores que se alineaban contra ellos. ¿Por qué no deberían quedarse aquí para siempre y morir como las manchas insignificantes que eran? Sus sollozos continuaron sin cesar.

"¡Dev, salgamos de esto!" La voz de Larramac atravesó la niebla de su mente. "No se ponga suave y femenina conmigo ahora—¡tenemos que seguir moviéndonos!"

¿Suave y femenina? A pesar de sí misma, Dev sintió que todos los viejos insultos, todos los viejos abusos subían a la superficie. Las risotadas de las tripulaciones de los buques a las ella había mandado en el pasado, los pensamientos imprecisos en la mente de los posibles empleadores: *No puede ser un buen capitán, es mujer. No podrá soportar la presión.*

Así que bien golpeada por estas palabras, seguiría en movimiento. No les podía permitir verla así.

Probó su pie izquierdo y un rayo de fuego corrió por toda la pierna. Esto haría las cosas más difíciles. Agarrándose firmemente a los peldaños con sus manos, bajó el pie derecho con cuidado hacia el siguiente peldaño. Luego, con mucho cuidado, movió una mano a la vez para agarrar la siguiente. No era el paso rápido que había llevado antes de su accidente, sino que la llevaría a donde iba.

Encima de ella, ambos hombres la vieron moverse una vez más y pudo escuchar sus suspiros de tranquilidad. La expedición nuevamente estaba en marcha.

Dev trató de aclarar su mente y concentrarse únicamente en su camino, lo cual era bastante difícil. Los pensamientos, sin embargo, se mantuvieron intrusos. En su memoria se repetía la escena del pedazo de metal golpeando el casco de Grgat. Por la forma en que su cabeza se había impulsado hacia adelante, el impacto del golpe pudo haberle roto el cuello, lo que haría que su incapacidad para atraparlo fuera totalmente superflua. Podría haber estado muerto antes de soltar la escalera—y eso explicaría el hecho de que no había gritado al caer.

Quiso venir con nosotros, se recordó Dev a sí misma con severidad. *Él sabía que las probabilidades estaban enormemente en nuestra contra—todos lo sabíamos. Pero él vino.*

Viéndolo en una luz fría y lógica, ni siquiera deberían haber llegado tan lejos. Sus propias expectativas nunca habían sido tan altas; había estado preparada para morir afuera en las laderas, víctima de una rápida explosión de un rayo. Para ellos cuatro, sobrevivir al pozo del ascensor era nada menos que milagroso. En vez de sentirse culpable de que uno de sus miembros hubiera muerto, debería estar orgullosa de que sus tácticas contra un enemigo abrumador hubieran producido sólo veinticinco por ciento de pérdidas después de tanto tiempo.

"*La culpa es una trampa tentadora,*" citó mientras continuaba su laboriosa bajada por el conducto. También sabía, que era una trampa debilitante y paralizante.

La lluvia de basura se había convertido en un aguacero. A veces lanzaban hasta un robot entero por el conducto. Todos estaban siendo golpeados ocasionalmente por algún pedazo de escombro, pero tenían más cuidado de no soltar sus manos. Los tres estaban doloridos por numerosos hematomas, y los músculos de sus cuerpos se quejaban mientras bajaban más y más por lo que parecían kilómetros.

Al llegar al siguiente peldaño, el pie de Dev golpeó una pieza suelta de metal. La acumulación de escombros ahora cubría completamente el piso del pozo. Dev tenía miedo de mirar a su alrededor por un momento, temiendo que la vista del cuerpo aplastado de Grgat fuera más de lo que pudiera soportar. Pero el montón de basura era tan profundo en este momento, había enterrado completamente al nativo. Sólo había el camino irregular, más el constante bombardeo de nuevos escombros.

No había ninguna apertura hacia nivel final de la montaña, lo que preocupó a Dev primero—¿y si los escombros se habían apilado tan alto que bloqueaban completamente la puerta? Pero ese miedo desapareció instantáneamente. Este pozo tenía veinte metros de diámetro; llenarlo a una profundidad de más de un metro o dos tomaría una buena proporción de todos los robots que habían visto en el nivel superior, y seguramente aún no había demasiada chatarra sobre ellos.

Ahora que estaban en el fondo, a pesar de eso, estaban en la posición más peligrosa. Todos los robots en la parte superior tendrían que hacer era lanzar un montón de chatarra lo suficientemente grande hacia abajo en ellos que difícilmente podían fallar. Su única esperanza era que los robots no supieran que habían llegado hasta el final.

En un intento de mantenerlo así, Dev apagó su radio y esperó junto a la escalera mientras los otros dos bajaban. Uno a la vez, chocó su casco contra los de ellos, alertándolos de que se comunicaran de esta manera hasta que estuvieran fuera de peligro, y que se pegaran contra la pared tan fuertemente como pudieran. Además, tendrían que sacar sus linternas y trabajar en la oscuridad una vez más; si los robots arriba veían luces moviéndose, sabrían que el trío había llegado al fondo.

Con las luces apagadas, Dev se dirigió cautelosamente alrededor del borde del pozo circular. Razonó que la puerta estaría dentro de un par de metros, como máximo, de la escalera, aproximadamente en la misma posición relativa que tenía en el nivel superior. Como ella adivinó, sus dedos podían sentir la rotura en las paredes, que de resto eran lisas, lo cual le indicaba la presencia de una puerta cerrada. El problema ahora sería abrirla.

Decidió conversar con los otros en una conferencia de choques entre los tres cascos. "Realmente no podemos forzar la puerta empujándola o deslizándola. La única alternativa que puedo ver es volarla, como hicimos con la puerta de la cueva. Tan pronto como hagamos eso, sin embargo, eso avisará a los robots arriba que lo hemos hecho aquí abajo, y arrojarán todo lo que tengan sobre nosotros. Tendremos que disparar una granada en la puerta y luego correr a través de ella antes de que los robots que caigan puedan llegar hasta nosotros."

"¿Cuánto tiempo le tomará a la carga caer?" preguntó Larramac.

"Buena pregunta. ¿Cuánta distancia estima que bajamos? Yo calculo que alrededor de un cuarto de kilómetro."

"Siento como que por lo menos diez kilómetros," dijo Dunnis. "Pero creo que probablemente usted esté en lo cierto."

Dev pegó ese número en la simple ecuación del tiempo como una función de la distancia y aceleración. Se vio obstaculizada por la dificultad de hacer la raíz cuadrada en su cabeza, y deseó que su computadora de bolsillo estuviera más accesible. "Muy primitivamente, diría que tendremos unos siete segundos. Puede ser un poco más, dependiendo de lo rápido que sus reflejos sean cuando escuchen la explosión. Supongo que podría llegar a diez segundos. Pero vamos a apuntar para siete u ocho como un buen número. Tendremos que posicionarnos directamente frente a la puerta para que la conmoción de las granadas no golpee nuestros pies. Tan pronto como la puerta explote, correremos a través de la abertura."

"No debería ser difícil cruzar veinte metros en siete segundos," comentó Larramac.

"No bajo buenas circunstancias, no. Pero toda esta basura en el suelo hace que nuestros pies sean muy traicioneros. Y tendremos que pasar directamente a través del centro del pozo, que es la gran zona de peligro. Además," añadió, cambiando el peso para aliviar el dolor en su pierna izquierda, "ya no puedo moverme mucho más rápido que un salto."

"Puede apoyarse en mi hombro," Dunnis se ofreció voluntariamente al instante. "Si pude hacerlo por Grgat, puedo hacerlo por usted."

"Gracias, Gros. Sí, tendremos que hacerlo de esa manera." Empezó a cojear alrededor del perímetro del pozo y luego se detuvo y confirió de nuevo. "Tendremos aún menos tiempo de lo que pensé," dijo. "Para disparar a la puerta, tendré que encender mi linterna nuevamente para apuntar correctamente. Los robots se darán cuenta de que mi lámpara no está cerca de la escalera, y tendrán esa pista. Ellos deben saber que estamos cerca del fondo por ahora de todos modos. Así que prepárense para moverse rápidamente."

Fue cojeando con cuidado alrededor del perímetro, midiendo la distancia que iba recorriendo y estimándola como una fracción de la circunferencia total. Cuando supuso que estaba a medio camino, volvió a encender su transmisor de radio y sacó el lanzagranadas de sus hombros.

"Aquí va," dijo para advertirle a sus compañeros y encendió su luz.

Había recorrido ligeramente más de la mitad del perímetro del círculo, por lo que debió apuntar ligeramente hacia su izquierda. El brillo de su lámpara la deslumbró al reflejarse en la superficie metálica del muro, pero afortunadamente, los lanzagranadas no requerían una puntería exacta para ser efectivos. Entrecerrando los ojos, apuntó hacia la puerta.

La granada dio en el blanco y explotó con una detonación satisfactoria. Esta puerta no era tan gruesa como la del túnel de la montaña, y la fuerza de la explosión la destrozó. Pequeños trozos de metal volaban a través del aire y la luz fluía desde el espacio más allá de la puerta. Dev rápidamente pasó un brazo por la correa de hombro del lanzador y se preparó para moverse.

"¡Vamos!" gritó, pero sus palabras fueron innecesarias. Larramac ya había comenzado a correr bajo la lluvia de metal a través del pozo, y Dunnis esperaba a que ella empezara antes de moverse. Poniendo el brazo izquierdo sobre los amplios hombros del ingeniero, Dev le dio la señal de que estaba lista.

Los escombros debajo de ellos eran irregulares y

se movían al caminar encima de ellos. Su marcha era irregular, ya que no tenían tiempo para practicar y coordinar sus movimientos. Más chatarra llovió sobre ellos, golpeando el suelo a su alrededor con una fuerza increíble. Cualquiera de esas piezas sería letal si les golpease correctamente.

Larramac ya había atravesado la puerta y a los otros dos sólo le restaba recorrer unos cuantos metros cuando oyeron un silbido muy por encima de ellos. Fuera lo que viniera, era pesado y viajaba a gran velocidad. Antes de que Dev pudiese incluso reaccionar ante el ruido, Dunnis, cuyo brazo estaba alrededor de su cintura para estabilizarla, la hizo girar y la arrojó a través de la puerta. Un mínimo instante después, él había plantado sus propios pies, y logró saltar hacia agujero, saliendo justamente antes de que el cataclismo hiciera impacto.

CAPÍTULO 13

El no aceptar lo inalterable es una locura;
el no cambiar lo intolerable es criminal. Debes
entrenarte para distinguir entre ambos.
—Anthropos, *Salud Mental y Sociedad*

Hubo un choque que retumbó a través de la montaña, como si varias toneladas de metal hubiesen golpeado el suelo a más de setenta kilómetros por segundo. Sonaba como si todos los robots restantes hubieran saltado del borde del pozo en una vez en un último intento suicida de detener a los humanos. El estrépito del metal era ensordecedor —pero los humanos sobrevivieron.

Dev aterrizó en el suelo sobre su lado izquierdo y gritó de dolor dado que su pierna ya lesionada sufrió más abuso. Permaneció allí durante varios minutos, con los ojos cerrados, ajena a todo, excepto a la agonía que recorría su pie.

Finalmente, el dolor cedió lo suficiente como para pensar en otras cosas. Habían pasado por una etapa más del viaje y sobrevivieron a otra serie de pruebas. Si no lo hubiera sabido mejor, habría pensado en toda esta expedición como una secuencia de torturas cuidadosamente diseñada. Estaba muerta de cansancio, de hambre, de sed y tremendamente adolorida. ¿Incluso valía la pena ir más allá sufriendo más tormentos?

Abre tus ojos, Dev, se dijo a sí misma con firmeza. *Nadie lo hará por ti.*

Jadeaba intensamente mientras levantaba sus párpados, pero aún así la vista que vio la hizo recuperar el aliento. Estaba repentinamente en un país de las maravillas de blancura prístina y relajantes tonos pasteles. El suelo sobre el que estaba tendida, mientras estaba cubierto de polvo y fragmentos de metal de la puerta destrozada, estaba antisépticamente limpio. Las paredes brillaban intensamente y el techo alto sobre sus cabezas se perdía en el difuso resplandor general de la iluminación indirecta.

Lentamente, haciendo todo lo posible por ignorar el dolor en su pierna, se sentó y miró a su alrededor. Los dos hombres también miraban en silencio, incrédulos. Aparte de ellos mismos, nada se movía; "estéril" era la palabra que apareció primero en la mente de Dev.

"No sé si hemos muerto," dijo, rompiendo el silencio, "pero creo que nos hemos ido al cielo."

Sacando el rifle de su espalda, lo puso en el suelo y lo usó como bastón para ponerse de pie. Una vez de pie, descubrió que podía usar el arma como una muleta; se sentía incómoda, pero de ninguna manera indefensa.

"¿Cree que los dioses vivan aquí?" preguntó

Dunnis.

"No creo *nada* viva aquí," contestó Dev. "Esta esterilidad fanática parece ser incompatible con la vida. He visto salas de operaciones más sucias que esto." Se encogió de hombros. "Bueno, con toda esta limpieza debemos estar justo al lado de la piedad."

Un pasillo se extendía ante ellos, al parecer hasta el infinito, todo era tan blanco y puro como la sección en la que estaban. "Vayamos por allí y veamos qué podemos encontrar," dijo Larramac, señalando la distancia.

Dev estaba tan cansada que difícilmente veía en línea recta y su tobillo izquierdo palpitaba ferozmente. Pero Larramac, por una vez, tenía razón. Toda su intuición le dijo que estaban cerca del final del viaje. De un modo u otro, este ataque iba a ser resuelto, y era mejor haberlo hecho todo en una vez que arrastrarlo aún más lejos. "Bien," asintió con cansancio.

Hicieron una extraña procesión al tiempo que marchaban por el pasillo. Dunnis y Larramac, a pesar que no estaban no tan gravemente incapacitados como Dev, estaban tan cansados como ella y su ritmo era más un tambaleo que una caminata. Ocasionalmente, uno u otro de ellos se apoyaba contra la pared para respirar momentáneamente antes de continuar por el camino. Las paredes se sentían frías, incluso a través de la tela aislada de sus trajes.

En ningún lugar mientras marchaban vieron algo para romper el silencio absoluto que los rodeaba. En Dev creció el sentimiento de que ella y los demás estaban de alguna manera profanando un sepulcro. Las paredes a ambos lados de ellos estaban intactas e impecables.

"Debemos estar acercándonos," musitó Larramac. "¿Por qué no intentan detenernos?"

"No se atreven" dijo Dev en voz baja. "No puede haber violencia aquí, no importa cuál sea el costo." Ella no sabía cómo lo sabía, pero relucía como un hecho en su mente que este nivel era algo sagrado, carente de pasión.

Habían recorrido más de trescientos metros antes de que cualquier cosa rompiera la monotonía de las impecables paredes blancas. Una gran puerta estaba a su izquierda, tres metros de alto, y cuatro de ancho. Al lado de la puerta, encajada en la pared, estaba una mancha rosa justo debajo del nivel del hombro. Por impulso, Dev extendió la mano y cubrió el lugar con su palma; obedientemente, las puertas dobles delante de ellos se deslizaron hacia adentro de la pared a cada lado.

Se encontraron a sí mismos mirando un taller de máquinas, completamente equipado y automatizado. El trío estaba en el umbral, temeroso de entrar, pero Dunnis le dio a la tienda un gesto de aprobación. "Con herramientas como estas casi no hay nada que no pueda hacer," susurró.

Dev, mirando a su alrededor, sólo pudo estar de acuerdo. "Tendré eso en mente."

En ningún lugar del taller había el menor rastro de vida, así que, después de unos minutos mirando boquiabiertos, Dev los sacó de la escena. "Tenemos que encontrar a los dioses, ¿recuerdan?"

Continuaron recorriendo el pasillo por otros doscientos metros antes de encontrar una segunda puerta. Una vez más, el portal se abrió con un toque de palma en una placa sensible a la presión.

El área más allá de las puertas había estado a oscuras, pero con la apertura de las puertas, las luces se encendieron por toda la cámara. Se encontraron esta vez en una sala gris, tan grande que no podían empezar calcular sus dimensiones. Y directamente frente a ellos, se instaló de forma segura en pistas automatizadas algo que sólo podía ser una nave espacial. Era casi dos veces del tamaño del *Foxfire* y su forma elegante y aerodinámica era sutilmente diferente de cualquier tipo de arte que habían visto antes. Era vieja; las letras extrañas en su casco estaban desvanecidas, y sus paredes estaban desgastadas y marcadas por innumerables encuentros contra meteoritos—pero era una nave.

El mismo pensamiento atravesó cada una de sus mentes. Todos sabían que el *Foxfire* nunca volvería a despegar; había cavado su propia tumba en la ladera. Cada uno de ellos esperaba en secreto más allá de la esperanza, de hacer un descubrimiento como este para llevarlos a casa. Ahora sus oraciones habían recibido respuestas.

Se acercaron a la nave con precaución. Siempre había la posibilidad de que siguiera siendo usada como cuarteles por los dioses, y no querían ser atrapados por estar desprevenidos. El tobillo izquierdo de Dev se encendió positivamente con dolor, pero no se detendría ahora. Era la persona que mejor podía evaluar las capacidades de la nave, y tenía que verla.

Tuvieron que caminar hacia el lado lejano de la nave antes de encontrar la compuerta de aire.

Estaba cerrada, lo que les dio un ligero alivio; ella era cuidadosa con las invitaciones abiertas bajo circunstancias como éstas—podrían fácilmente ser trampas. Pero, a pesar de que esto parecía más seguro, todavía había el problema de cómo abrir la compuerta de aire.

Dunnis encontró la caja de control manual en el casco. Había instrucciones impresas en un idioma alienígena, pero no podían leerlas. Los controles eran extraños pero no indescifrables. El ingeniero cerró sus ojos y dejó que su mano vagara por la superficie de los instrumentos, tratando de descubrir las aplicaciones más lógicas. Después de varias pruebas, se encontró con el éxito. La escotilla se abrió con un suspiro que susurró de largo desuso.

El interior de la nave estaba oscuro, así que encendieron sus linternas una vez más. Justo después de la compuerta de aire había un largo corredor que recorría la nave desde adelante hacia atrás. Miraban tan lejos como sus haces podían penetrar en cualquier dirección, pero no veían señales de vida.

Dev tomó la decisión de dividir al quipo para poder buscar más eficazmente. Envió a Dunnis a la parte trasera de la nave, donde era más probable que estuviera la unidad; podía decir si la nave aún era capaz de volar. Ella y Larramac, mientras tanto, siguieron adelante para explorar las partes menos esotéricas de la nave.

Encontraron una serie de minúsculos cubículos, cada uno apenas lo suficientemente grande para un humano adulto, sin embargo, posiblemente era bastante adecuado para sus habitantes originales.

Había casi un centenar de estos cubículos, y Dev calculó que ellos ocupaban la inmensa mayoría del área de tripulación de la nave.

Curiosa, se inclinó hacia adentro de una de las celdas y miró a su alrededor. Su linterna le mostró que las paredes habían sido arrancadas del cubículo y que, detrás de la pared, había habido algún tipo de elaborados equipos. Unos cuantos cables colgaban sueltos y desconectados, y varios tubos de plástico transparente de no más de un centímetro de diámetro yacían podridos en el suelo.

Miró dentro de otra celda, y tuvo la misma visión. La nave estaba llena de más y más filas de estos cubículos vacíos y rotos. Su mente estaba luchando contra la fatiga, trabajando horas extras para correlacionar estos datos con lo que ya sabían.

Larramac, tambactive, había estado investigando las celdas vacías, y ahora la miraba muy perplejo. "¿Qué le parece?" preguntó.

"Supongo que era un transporte de tropas. La tripulación de vuelo necesaria sería pequeña, con la 'carga'—es decir, los combatientes—guardados en estos cubículos."

"¿Cómo podía alguien vivir en un área tan pequeña?"

"Algún tipo de animación suspendida. Tiene mucho sentido, realmente. Congelar a sus tropas en su base de origen y descongelarlas de nuevo cuando lleguen al lugar de la batalla dentro de un mes o algo así. Habrían salido del congelador todos listos para la acción, lo cual era mejor que hacerles soportar un vuelo largo y aburrido. Tampoco usarían una cantidad tan grande de oxígeno y comida durante el viaje."

Larramac se apoyó contra la pared trasera. Parecía como si quisiera acariciar su perilla, pero eso era imposible con su casco. "Así que un transporte de tropas del lado perdedor en una guerra espacial aterriza en un planeta muy lejano como Dascham. Utilizando a sus combatientes entrenados y su tecnología superior, esclavizan a la gente local, construyen toda esta montaña y se autoproclaman dioses."

Dev asintió. "Es una buena hipótesis de trabajo, por lo menos. Veamos cómo es el resto de la nave."

Avanzaron un poco más. Encontraron las áreas comunes para la tripulación que realmente hacían funcionar la nave; parecían similares en muchos aspectos a las instalaciones humanas comparables. Dev notó todo esto con creciente interés, pero la gran prueba sería la sala de controles en sí.

Había tenido mucho miedo de encontrar la sala de controles convertida en un caos. Era evidente por las celdas de animación suspendida que los dioses habían limpiado su nave para conseguir los materiales y equipos que necesitaban. Si el puente hubiera sufrido un destino similar, su posición sería desesperada. Pero cuando llegaron a esa cámara parecía intacta; aún tenían una oportunidad para irse.

La configuración que encontró era distinta al diseño humano estándar, lo cual lo único que podía esperarse. En lugar de alinearse en fila, la función de cada nave tenía su propia área separada y sillón de aceleración. Dev fue inmediatamente a las consolas y las miró. A primera vista, eran irremediablemente confusas e incomprensibles, pero mientras seguía mirándolos, dejó que sus ojos se desviaran ligeramente.

Aparecieron patrones, que le parecían dolorosamente familiares. Dev se aferró a ellos como a las sensaciones de un sueño recién terminado, pero la eludían. Entonces sus ojos volvieron a enfocarse nuevamente y se encontró mirando un tablero de controles que era completamente ajeno a ella.

Alzó la vista para ver a Larramac mirándola. "¿Qué le parece?," preguntó. "¿Puede hacerlo funcionar?"

"Tomará tiempo, pero—sí, creo que puedo resolver este acertijo."

Caminaron por el pasillo y se encofraron con Dunnis justamente adentro de la compuerta de aire. Rápidamente describieron sus hallazgos y le preguntaron cómo le había ido.

"La batería está muerta," dijo con tristeza.

"Me esperaba eso," Dev asintió. "Toda Orrork fue construida alrededor es ella, y tuvo que pasar suficiente tiempo para que a los nativos se les olvide que la montaña era artificial. Esta nave probablemente haya permanecido aquí durante miles de años. La pregunta es: ¿podemos reactivarla usando lo que tenemos a la mano?"

Dunnis cerró sus ojos y frotó cansadamente su frente. "Sería un proyecto," suspiró. "Podría tardar meses, pero—sí, con ese taller de máquinas para ayudar, supongo que podríamos."

"¿Desea regresar a casa, no es así?" Dev preguntó.

Dunnis le sonrió. "Más que nada en el universo

justo ahora."

Dándole una amistosa palmada en su hombro, ella le devolvió la sonrisa. "Entonces sé que podemos hacerlo." Se volvió para incluir a Larramac en su mirada. "Vamos, bajemos de la nave y veamos lo que el resto del cielo tiene para ofrecernos."

Volvieron al pasillo de color blanco reluciente y continuaron su lento progreso a lo largo del mismo. Todo este tiempo había transcurrido y no había habido intentos contra sus vidas, ninguna señal de que los dioses se dieran cuenta de su presencia, o de que los dioses aún existían. No había nada para perturbar la perfecta quietud de este misterioso Valhalla.

Después de recorrer varios cientos de metros más, llegaron a otra puerta. Rifles listos, la abrieron y miraron a través de ella. Era otra habitación tan grande, si no más grande, que la que contenía la nave espacial. Enormes cubas dominaban el suelo, con tubos que recorrían todos los lugares a lo largo de las paredes. Aunque las cubas se habían secado desde hace mucho tiempo, todavía había el olor de sustancias químicas extrañas. Las manchas irregulares en el piso indicaban dónde habían ocurrido derrames muchos años antes. La habitación se sentía tan húmeda como la nave.

"¿Qué es esto?" preguntó Larramac entre un suspiro.

"Jamás he visto algo como esto," admitió Dunnis. Su tono de voz no era más alto que el de su jefe.

"Yo sí," dijo Dev, "pero sólo en fotografías. Estaba en un libro que una vez leí sobre el planeta

Hellfire, donde fabrican los androides. Es una planta sintetizadora de androides."

Se quedaron en silencio por un momento, digiriendo esa información. Todo hasta este punto había tenido sentido, pero esto era inesperado. Entonces, repentinamente, Larramac rió. "¡Los dioses crearon a los daschameses a su propia imagen!"

Dev asintió. "Eso debe ser. Creíamos que se habían apoderado de la población nativa y la habían esclavizado. Pero si no había población nativa, tendrían que crearlos. No tardarían mucho —después de diez o veinte años los androides acelerarían el proceso de la manera natural. Los androides—al menos los humanos—son perfectamente capaces de reproducirse por sí mismos."

Se quedaron callados una vez más mientras miraban alrededor de la vasta cámara, dejando que su imaginación viajara milenios atrás, hasta el momento en que esta planta producía a plena capacidad.

Fue Dunnis quien primero los devolvió al presente con la pregunta que estaba alta en todas sus mentes. "Pero ¿dónde están los dioses? Tienen que estar en alguna parte, ¿no es así?"

"Aún está el camino de ladrillo amarillo afuera," Dev murmuró.

"¿Eh?" Ninguno de los hombres pudo captar su referencia clásica.

"Quiero decir, recorramos el corredor y veamos hacia dónde nos lleva."

Se pusieron a caminar de nuevo, y una vez más,

no encontraron signos de oposición. Las paredes en blanco se deslizaban sin grietas o señales de puertas, hasta que finalmente llegaron al final del pasillo. Se enfrentaron a una última puerta.

"Caballeros" dijo Dev en voz baja, "Creo deberíamos prepararnos para reunirnos, si no nuestros creadores, entonces, ciertamente, con los creadores de los daschameses. Palmeó el interruptor al lado del portal y esperó con su rifle en mano mientras la puerta se abría hacia el lado de la pared.

Ante ellos, se extendía una doble fila de ataúdes. Cada caja estaba en un estrado de un metro de alto; estos estrados estaban espaciados alrededor de un metro y medio, con un pasillo de tres metros entre las dos filas que se extienden en la distancia. No podían contar el número total de cajas; las filas se extendían durante una distancia demasiado grande para poder calcular su número.

La voz que repentinamente hablaba en sus oídos los sobresaltó después del absoluto silencio que había prevalecido hasta ahora. Parecía tener un volumen demasiado alto y ser bastante mecánica. "Sí, nos han encontrado. Somos los dioses de Dascham. Tenemos un poder infinito sobre este mundo. Somos inmortales. Los invitamos a unirse a nosotros en nuestra inmortalidad."

"Es porque no pueden derrotarnos," murmuró Dev.

"Si se niegan a aceptar nuestra invitación," continuó la voz, "serán destruidos de inmediato. Incluso en este instante, hay armas de incalculable capacidad destructiva apuntando directamente hacia ustedes."

Dev caminó con confianza hacia el ataúd más cercano y se sentó encima de él. "Déjeme ver un poco de esta 'incalculable capacidad destructiva,'" se burló ella. Después de un momento de pausa, sonrió. "Lo pensé mucho. Se ha acostumbrado tanto a vivir que eso se ha convertido en una obsesión. Miles de años en semi-suspensión le han creado un miedo a la muerte tan profundo que ningún mortal podría empezar a entenderlo. Ni siquiera pueden permitirse usar armas de capacidad *calculable* de destrucción cerca de aquí; si pudieran, no nos hubieran permitido llegar tan lejos. Nos hubieran golpeado el momento en que entramos en el pasillo del otro extremo. Pero no quieren violencia ni siquiera así de cerca de ustedes."

Se bajó de encima del ataúd y lo examinó más de cerca. No había manera de abrirlo, pero había un botón de palma en su costado. Lo presionó y su parte superior cambió de opaca a transparente. Dev miró el contenido por un momento, manteniendo rigurosamente sus pensamientos para evitar la reacción.

"Roscil, Gros, vengan aquí un momento," dijo. "Miren el rostro de un dios."

Los otros dos llegaron a regañadientes, temerosos de lo que verían. Allí, dentro del ataúd, había una protuberancia blanca, casi sin forma, que pudo haber sido una vez el cuerpo de una criatura parecida a un oso similar a los daschameses. Su piel estaba pálida como la de un gusano, suave y acuosa, ya que estaba en su baño de soluciones nutritivas. Había cúmulos de alambres y tubos conectados al estrado debajo del ataúd. Estaba vivo sólo por la gracia de una definición liberal del término. Su actividad mental continuaba en la conciencia colectiva de los dioses, pero su actividad física era nula. No habría sido capaz de moverse incluso si hubiera querido hacerlo.

Ambos hombres miraron con sus estómagos revueltos. No habían tomado ningún alimento sólido durante casi un día entero, lo que probablemente evitó que vomitaran.

"No creo que estemos interesados en su invitación," dijo Dev a los dioses.

Hubo una ligera pausa, y entonces la voz de los dioses se indignó aún más. "¿Por qué eligieron hacer esto?" preguntó. "Les dejamos comerciar sin interferencias. Nunca les hicimos daño."

"Uno de mis tripulantes podría estar en desacuerdo con ustedes, si no lo hubieran convertido en una pequeña pila de cenizas."

"Tenía que ser destruido. Rompió las reglas. Las reglas son necesarias para mantener el orden. Las reglas no pueden ser violentadas."

"Las reglas son necesarias sólo para prolongar su propio reinado" respondió Dev bruscamente. "El orden es mantenido en todo caso por seres inteligentes. Es especulativo argumentar que cualquier conjunto de reglas es la única respuesta."

"¿Por qué vinieron aquí?" repitieron los dioses.

Dev hizo una breve pausa para considerar. La verdadera razón, la codicia de Larramac, parecía bastante insignificante en vista de todo lo que habían sufrido. Luego, después de que la nave se estrelló, la simple supervivencia los había presionado hacia adelante por este camino. Pero so no sonaba como una razón suficiente ahora mismo, tampoco.

"Porque ustedes no son dioses," dijo finalmente, "y alguien tenía que desengañarlos de esa noción en algún momento."

"¡SOMOS LOS DIOSES DE DASCHAM!" gritó la voz, causando un zumbido en sus cabezas. "¿Quién eres tú para juzgarnos?"

"Mi nombre es Ardeva Korrell," dijo, "y soy un ser inteligente y racional. Eso me da tanto derecho como a cualquiera."

De pie junto a la caja, levantó su rifle y golpeó la culata del mismo contra el tope y los laterales transparentes. El líquido corrió hasta el suelo. El ser que estaba adentro se retorció varias veces antes de quedarse quieto.

Durante la siguiente hora y media, Dev y sus compañeros caminaron por las hileras de cubículos, destrozándolos y destruyendo a las débiles criaturas que yacían adentro.

CAPÍTULO 14

La persona sana sabe cuánta responsabilidad puede manejar y se niega a aceptar más.
—Anthropos, *La Mente Sana*

Porque los dioses habían sido incapaces de moverse de sus cámaras de suspensión, todo su control sobre este vasto complejo de ordenadores provenía directamente de sus cerebros cada vez más seniles. El aire y la luz continuaban siendo proporcionados automáticamente, así que Dev acordó por fin que podían quitarse los cascos; pero matar a los dioses detuvo las funciones no automáticas del ordenador, lo que podría causar problemas.

Los dioses no siempre habían estado conectados directamente a la computadora, sin embargo. Al final de las filas, después de destruir a la última de las criaturas, Dev encontró una enorme consola de computadora, con diagramas dispuestos a su lado para el control maestro de toda esta montaña. El sistema no le era familiar, y su cerebro, cegado por la fatiga, se negaba a trabajar más, por lo que pidió un descanso antes de intentar descifrar este nuevo misterio. "El peligro ha terminado," anunció. "Vamos a dormir un poco y abordaremos este problema en un par de horas."

Realmente pasaron casi diez horas antes de abrir sus ojos de nuevo. Había dormido profundamente a causa del dolor palpitante en su tobillo izquierdo, que se había hinchado a proporciones inmensas. Dev deseó poder usar el medichest a bordo del *Foxfire* al regresar, pero ella sabía que Bakori lo necesitaría más que ella.

Al pensar en Bakori recordó que había él estado esperando a bordo de la nave. Colocándose su casco de nuevo, cambió la frecuencia de transmisión al circuito de la nave principal y empezó a llamarle. Después de diez minutos de señalización firme, respondió.

La nave seguía a salvo, le aseguró. Cuando los dioses fueron destruidos, los ángeles habían caído del cielo; ahora yacían destruidos y desamparados en el suelo alrededor de la base de la montaña. Él mismo fue capaz de moverse dentro de la nave manteniéndose dopado con los analgésicos, pero quería su permiso para usar el medichest lo antes posible, antes de que se le hiciera una lesión permanente a su pierna.

Dev le dijo que apagara la unidad de la nave, ya que ya no era necesaria para la protección. Debía quedarse fuera del medichest por un poco más de tiempo—todavía él era necesario como enlace con la nave hasta que establecieran un nuevo sistema.

Dunnis y Larramac estaban despiertos de nuevo

a esta hora y los tres pasaron las siguientes horas tratando de descifrar el sistema informático que los dioses habían usado. Resultó ser una tarea más fácil de lo que Dev había temido.

Supuso que el sistema numérico se basaría en ocho, ya que era el número de dedos que tenían los daschameses. Trabajando desde ese punto, decodificar el lenguaje de la computadora era en gran medida una cuestión de ensayo y error. También les ayudaba era el hecho de que esta computadora fuera del llamado estilo cooperativo que trabajó con su programador para lograr mejores resultados. En total, los tres humanos tardaron seis horas en establecer una relación razonable con la máquina que controlaba al Monte Orrork e indirectamente a todo Dascham.

Todavía había un buen número de robots funcionando dentro de la montaña inclusive, supo Dev, tres de los gigantes. También había una serie de salidas diseminadas alrededor de la base de la montaña que llevaban desde el complejo al mundo exterior, lo que significa que los humanos no tendrían que recorrer nuevamente un camino tortuoso para regresar al *Foxfire*.

Dev programó a los robots para obedecer todas sus órdenes e instruyó a la computadora para que ejecutara todo el complejo de Orrork a través de comandos verbales cuando fuera apropiado. Una vez tomado ese paso gigante, los acontecimientos comenzaron a proceder en una manera rápida y ordenada.

Los humanos regresaron triunfalmente a su nave, acompañados por varios robots. Comieron una comida vorazmente y luego se repusieron algunas horas más de sueño perdido. Luego, con la ayuda de los robots, comenzaron a trasladar todo lo móvil desde el *Foxfire* hasta el hangar donde se guardaba la antigua nave espacial de los dioses. El traslado fue una tarea que duró una semana, y Dev puso a Larramac a cargo de esa operación. Ella y Dunnis tenían otras cosas en las que ocupar su tiempo.

Los oficiales de la nave dos pasaban casi cada hora de vigilia en la nave alienígena, separando las paredes, trazando cada circuito, deduciendo cómo funcionaba cada control. Una nave espacial es un mecanismo complejo, y no tenían ninguna tarea pequeña ante de ellos. La computadora de Orrork era de alguna ayuda, proporcionando planos y diagramas, pero cada elemento debía ser revisado una y otra vez para asegurarse de que todavía era capaz de funcionar después de todos estos milenios de desuso. En más de la mitad de los casos, hubo que hacer reparaciones—y eso tomó aún más tiempo y trabajo.

A Bakori le fue finalmente permitido usar el medichest. Estaba en su interior, sedado, con tubos que lo alimentaban por vía intravenosa. Una máscara de oxígeno cubría su rostro y su cuerpo flotaba en un mar de bálsamo regenerativo no muy diferente de la sustancia que había estado dentro de los ataúdes de los dioses. Después de diagnosticar la gravedad de su lesión en la pierna, el medichest estimó su tiempo de recuperación en dos meses. Para ese período, el astrogador estaría en animación suspendida y sus servicios estarían suspendidos.

El tobillo de Dev sanó muy lentamente porque

ella simplemente no podía permitirse el tiempo para descansar y dejarlo curarse por sí mismo. Estaba trabajando constantemente, moviéndose en una muleta improvisada que Dunnis le había dado. Ella tenía que dar el ritmo, lo sabía; el ingeniero era un trabajador naturalmente lento, y si lo dejaba a su propia velocidad nunca conseguiría que el trabajo estuviese listo a tiempo.

Comieron la comida de la amplia despensa del *Foxfire*. La nave había sido abastecida para cinco meses con cinco personas a bordo. Con sólo tres personas usando la comida, los suministros podrían durar mucho más tiempo. Nunca se apresuraron, pero Dev se rehusaba a dejar que la atmósfera se quedase sin tensión y necesidad de trabajar. En lo que a ella respectaba, cuanto antes se alejaran de este mundo sombrío, mejor.

Después de que todo lo posible fue transferido a los nuevos cuarteles desde el *Foxfire*, Larramac se encontró con el tiempo en sus manos. Se ofreció a ayudar a los otros dos, pero le faltaba el conocimiento técnico necesario sobre las operaciones de la nave y a menudo era más un obstáculo que una ayuda. Sin embargo, era lo suficientemente impredecible como para que Dev lo odiara, hasta el punto de dejarlo con sus propios recursos por temor a los problemas que él pudiera provocar.

Finalmente dio con un plan para mantenerlo ocupado. Ella le sugirió que pasara su tiempo con la computadora de Orrork, interrogándola y descubriendo lo más posible sobre la historia del asentamiento en Dascham. Era algo de lo que todos tenían curiosidad, y le daba a su mente perspicaz algo que hacer. Larramac se entregó a su tarea con gran entusiasmo y casi nunca lo volvieron a ver, excepto durante las comidas.

Renombraron la nave alienígena *Foxfire II*. Cerca de tres semanas después de comenzar a trabajar en ella, Dev y Dunnis hicieron un interesante descubrimiento —la nave seguía armada con armas que generaban energía del mismo tipo que los ángeles, sólo que a una escala mucho mayor. Discutieron su hallazgo en la cena esa noche con Larramac.

"Nadie que yo conozca tiene algo así," dijo el jefe ansiosamente. "Podríamos vender eso y hacer una fortuna, o, mejor aún, contratar a algunos técnicos para averiguar cómo funcionan y fabricarlas nosotros mismos. Seremos ricos una docena de veces."

"Posiblemente," dijo Dev. Recordaba demasiado bien la discusión que habían tenido en el *Foxfire* sobre traficar armas y ella todavía tenía escrúpulos que no le permitían involucrarse en ninguna cosa de ese tipo.

Larramac la miró. Él, también recordaba la discusión. "Bien, pequeña santa, ¿Qué sugiere que hagamos con esos lanzarrayos?"

"Una cosa, cuando esta nave haya sido lanzada con seguridad tengo la intención de usarla para destruir Orrork."

Larramac se quedó pasmado. "¿Para qué diantres?"

"Mientras este complejo continúe aquí, existirá la posibilidad de que alguien lo tome y se convierta en el nuevo dios. Los daschameses merecen algo mejor que eso. Han sido niños el tiempo suficiente; necesitan la oportunidad de crecer."

"Pero nunca ha habido una instalación de este tamaño antes. Piense en su valor como un centro de cómputo solo."

"Lo he hecho." admitió Dev. "Tiene posibilidades fantásticas. Pero no aquí donde la gente no tiene ninguna resistencia a ella. Que se construya una montaña de computadoras en otro lugar, donde pueda usarse apropiadamente y no se convierta automáticamente en un instrumento de opresión."

La discusión continuó por un rato más, sin que ninguno de los dos lados pudiera mover el otro de su posición. Al final, Larramac se retiró de mal humor y se negó a hablar con Dev durante varios días. Eso estaba bien para ella; tenía otro trabajo que hacer, de todos modos.

Los días pasaban convirtiéndose en semanas con una velocidad asombrosa. Los controles de la nave, que al principio parecían tan confusamente extraños, gradualmente se iban haciendo más y más familiares. Dev sabía que nunca sería capaz de manejarlos a la velocidad instintiva con la que usaba los controles en una nave de diseño humano, pero cada día ganaba más confianza en que podía hacer volar la nave fuera del planeta, deslizarla en el hiperespacio y pilotearla lo suficientemente cerca de un mundo habitado por humanos para que sean rescatados. Utilizando los registros de *Foxfire*, calculó que Windsong era el planeta disponible más cercano. Establecerían un curso para allá.

Con el problema de los controles resuelto, volvieron su atención a la cuestión más básica de la nave: su fuente de energía que estaba muerta. Había una diferencia fundamental entre la forma en que los dioses habían impulsado su nave y el método utilizado por los seres humanos. La conversión de estos últimos a los primeros fue mucho más difícil de lo que pensaban originalmente. Dunnis tuvo que aprovechar al máximo el taller automatizado que habían descubierto. Trabajando en conjunto con la computadora de Orrork, él y Dev decidieron cuál sería la mezcla entre los dos sistemas que daría el funcionamiento óptimo y cómo producir la fusión. Todo el procedimiento tomó ligeramente más de un mes.

Durante ese tiempo, Larramac los mantuvo bien informados sobre sus investigaciones en relación a la historia de los daschameses. La imagen que surgió encaja dentro de su contorno, pero con detalles interesantes.

Los colonos iniciales eran la tripulación de una nave perteneciente al lado perdedor de una guerra espacial. En vez de morir en batallas sin esperanza, se amotinaron y mataron su capitán, luego tomaron la nave a Dascham, un planeta que apoyaba la vida, pero que aún no había desarrollado formas de vida inteligentes. Apenas la nave había aterrizado, la tripulación despertó a su cargamento de soldados uno a la vez. Los soldados que accedieron a la deserción se unieron al grupo; los pocos que permanecieron fieles a su planeta natal e insistieron en regresar a sus servicios, fueron todos asesinados.

Los primeros años fueron duros, sobre todo porque el grupo estaba compuesto sólo por hombres. La idea de construir androides fue propuesta originalmente como un método para obtener algunas hembras para aliviar las dificultades. Ninguno de los colonos era un experto en desarrollo androide, pero después de años de ensayo y error, lograron producir androides femeninos aceptables. Una vez que probaron que podían hacer eso, empezaron a hacer otros androides para trabajar para ellos como sirvientes.

El proceso se expandió inmediatamente. Con más mano de obra disponible, la producción aumentó. Dentro de varios años más, había decenas de kilómetros de androides, muchos más que los colonos originales, y sin embargo se les hizo trabajar como esclavos para su comodidad.

El descontento emergió dentro de las filas androides. Finalmente, se convirtió en una revuelta a gran escala, que casi tuvo éxito. Los soldados originales ya no estaban entrenados y ya no eran jóvenes, pero poseían conocimientos militares de los que carecían sus esclavos. Sólo ese conocimiento les ayudó a aplastar la revolución—y se dieron cuenta de delgado que era el hilo sobre el cual pendían sus vidas. Esto los impulsó a tomar una acción más drástica. Debían sobre todo proteger su hegemonía.

Su tiranía se volvió más dura. Produjeron miles de androides y robots superintendentes para mantenerlos a raya. Hicieron que los androides construyeran la increíble fortaleza que, en el espacio de los años, se convirtió en el Monte Orrork. La manos de obra y los materiales eran abundantes; el tiempo, no. Los maestros comenzaron a usar los cajones de animación suspendida que se sacaron de su nave y supervisaban la producción por turnos: la mitad de ellos permanecerían yacientes mientras que la otra mitad manejaba la construcción durante un año, y entonces cambiarían.

Tomó más de treinta años de trabajo continuo realizado por centenares de miles de androides construir a Orrork. No hubo registro de las muertes que ocurrieron dentro de ese tiempo, pero el número debe haber sido fenomenal. Para ese momento, los desertores originales, incluso con su horario encedido un año, apagado el otro año, estaban envejeciendo. Sabían que, bajo circunstancias normales, no sobrevivirían durante mucho tiempo a su creación. Y así tomaron el paso sin precedentes de establecer el sistema de animación suspendida perpetua. Sus cuerpos estarían en un baño de solución nutritiva, siendo eternamente cuidados, mientras que sus cerebros permanecerían activos. Vinculados a la computadora, todavía serían capaces de controlar el progreso de la vida entre sus esclavos. Con el sistema de espionaje y terror que impusieron, hicieron de Dascham una teocracia que duró miles de años—hasta que su creciente senilidad había desbordado sus defensas y permitido a los humanos penetrar y destruirlos.

Para Dev sonaba muy trágico por todos lados. Era trágico para los desertores, que estaban tan atrapados por su miedo a la muerte y por su insegura compulsión de hacerse superiores que tuvieron que separarse a sí mismos de la experiencia corpórea directa. Y era trágico para las generaciones de daschameses que crecieron condenadas a una existencia en esclavitud, incapaces de desarrollarse o pensar por sí mismos.

A medida que el día se acercaba para su intento de partida, Larramac se volvió muy temperamental, a menudo no acudía a comer con el resto de ellos. Empezó a dar largos paseos solitarios por los pasillos de este piso inferior de la montaña. Lian Bakori, sin embargo, salió del medichest con su pierna virtualmente curada. Posiblemente necesitaría un poco de trabajo por parte de los cirujanos humanos, pero estaba libre de dolor y podrá moverse tan bien como siempre. Dev lo inició inmediatamente en un curso de instrucción para entender los equipos astrogacionales alienígenas para poder trazar su curso de regreso a Windsong. Abrieron las puertas del hangar de par en par, dándoles una clara vista hacia el cielo.

La noche anterior a su salida, se reunieron en la cocina del *Foxfire II*. Larramac, como sucedía con más frecuencia, no había elegido unirse a ellos para la comida, pero cuando terminaron, entró. Dev, con un ojo afilado para los detalles, observó que su paseo era demasiado casual—así lo estimó.

También notó otro detalle—Larramac llevaba su pistola en la funda de su cinturón. Ninguno de los demás estaba armado.

"He estado pensando un poco," dijo el jefe. "Hasta ahora todo este viaje ha resultado ser una pérdida, financieramente hablando. Creo he inventado una manera de salvar una buena ganancia de él."

Dev no pensó que este era el momento para recordarle que ella había predicho el desastre. Ella y los demás esperaron para escuchar su idea.

"Grgat nos prometió una recompensa para

ayudarlo a derrotar a los dioses. Desafortunadamente murió en el intento, pero logramos hacer lo que él pidió. Eso significa que los nativos están moralmente obligados a pagarnos por nuestros servicios."

"Las obligaciones morales son más difíciles de cobrar," dijo Dev con tranquilidad.

"No en este caso. Los equipos de los dioses siguen intactos. Los nativos no deben saber que ha habido un cambio en la gestión. Podemos hacer que nos paguen su tributo."

"En otras palabras," dijo Dunnis lentamente, "usted está sugiriendo que tomemos el lugar de los dioses y esclavicemos a esta gente."

"Bueno, eso decirlo con rudeza. Estoy sugiriendo que les dejemos trabajar para pagar su deuda. Pasamos por un montón de cosas horribles, todo por causa de ellos. Podemos reconstruir a los ángeles..."

"¿No vio cómo eran los dioses?" preguntó Dev. "¿Quiere convertirse en algo así?"

Larramac hizo un gesto de negación con su cabeza. "No sería de esa manera. Yo no cometería su error de intentar seguir para siempre. Hay demasiadas cosas que me gusta hacer para estar encerrado aquí en este planeta durante mil años. Sólo estaba pensando unos cinco años o algo así. Tenemos toda la población y recursos de este planeta a nuestra disposición. En cinco años, podríamos acumular suficiente riquezas para vivir cómodamente en la civilización por el resto de nuestras vidas. Sólo imaginen todo lo que pueden hacer con lo que llevaríamos a casa."

"¿Y qué hay de los daschameses?" preguntó Dev.

"Todo el objetivo de este ejercicio era concederles su libertad. ¿Cuándo tendrán eso?"

"Bueno, no estarán peor que antes de nuestra llegada, ¿verdad? Pueden tener su libertad cinco años después de que nos la hayan pagado."

"¿Qué te impide extender eso por sólo un año más y luego otro y otro? El poder puede ser adictivo, Roscil; es mejor no engancharse al hábito en primer lugar."

Larramac resopló. "Usted es una buena persona para hablar. Todo ustedes los eoanos creen que son dioses de todos modos."

"Soy un dios para mí, pero usted no me encontrará intentando extender mi jurisdicción. Si usted gobierna a otras personas debe responsabilizarse por ellas, y yo ya tengo suficientes responsabilidades como para aceptar más."

Larramac miró a su alrededor. Bakori era nulo; él aceptaría cualquier decisión que se hiciera en su propio estilo tranquilo. Dev estaba siendo silenciosamente hostil, y él podía estar seguro de que nunca se pondría de su lado en este plan. Dunnis parecía dudoso. Más y más, el ingeniero tendía a unirse a Dev contra su patrón.

Larramac jugó su última carta. "Yo soy su jefe," dijo, "y ustedes harán lo que yo les diga."

Dev hizo un gesto de negación con su cabeza. "Usted es el propietario del *Foxfire* y nos pagó para conducirlo por usted. *Foxfire* está muerto ahora y estamos en una situación donde deseamos salvar nuestras vidas. Nadie es el jefe de nadie excepto para mí. Como capitana, los reglamentos de emergencia me dan poderes extraordinarios en una situación como esta, y mi palabra es la ley."

Dev había estado manteniendo su vista cuidadosamente sobre la mano derecha de Larramac mientras ésta se acercaba a la culata de su pistola, pero aún así la situación explotó más rápido de lo que ella esperaba. Tan pronto cuando el propietario del *Foxfire* alcanzó su arma, ella empujó su silla rápidamente de la mesa y se puso de pie. Había quizá un metro y medio de distancia entre ella y Larramac, y tendría que cubrirla antes de que le pudiera hacer cualquier daño.

Su pierna lastimada la obstaculizaba. El tobillo había sanado por sí mismo y ahora era capaz de moverse bastante bien bajo circunstancias ordinarias. Pero el hecho de poner peso súbito en él y esperar a que funcione rápidamente, disparó un fuerte dolor punzante a través de su pierna izquierda. Tropezó cuando se levantó de la mesa, pero logró avanzar hacia Larramac.

Su ataque fue lo suficientemente rápido para desviar su objetivo, y el rayo láser corrió limpiamente a través de la mesa sin golpear a nadie. El peso del cuerpo de Dev cayendo sobre él, le hizo perder el equilibrio al hombre, quien retrocedió contra la pared.

Dunnis se había asustado por el repentino tiroteo, pero recuperó su ingenio más rápido de lo que Dev habría esperado. Se apresuró a ayudarla y le quitó el arma de la mano de Larramac, arrancando el objeto por pura fuerza.

Frustrado, Larramac gruñía de rabia. Empujando con el pie, le dio una acertada patada al ingeniero en el vientre, enviando al gran hombre hacia atrás a través de la habitación. Dev estaba luchando por agarrar a Larramac, pero él la empujó lejos lanzándola sobre el regazo de Bakori. Larramac giró, salió corriendo de la cocina y bajó por el pasillo hasta la escotilla exterior.

Dev se levantó y corrió tras él, pero, con su pierna dolorida, no era rival para el hombre. Cuando llegó a la compuerta de aire de la nave, Larramac estaba a medio camino a través del suelo abierto del hangar, corriendo hacia la sala de controles de la computadora principal.

Dev lo observó correr y le dijo un adiós privado. Luego volvió y regresó a la cocina. Había trabajo por hacer—rápidamente.

"Levántense a la sala de controles," le dijo a los dos hombres asustados. "¡Tenemos que partir ahora, en este instante, o nunca tendremos otra oportunidad!"

Dunnis se puso de pie torpemente, aun sorprendido por la patada. "¿Por qué no?"

Dev lo ayudó y lo guió en la dirección correcta. "¿No lo ve? No puede dejarnos escapar sin él. Si volvemos a otro planeta humano y contamos nuestra historia, alguien más podría tener la misma idea que él. Podrían entrar con un ejército entero para hacerse cargo de la montaña, y hay poco que pudiéramos hacer para detenerlos. La única manera en que pueda garantizar su seguridad es evitar que nos vayamos."

"Pero, ¿cómo puede hacer eso? Tenemos la nave y la mayoría de las armas están almacenadas abajo." Ellos lo habían hecho en el puente ahora, y estaban ocupados atándose en los sillones de aceleración en sus estaciones.

Dev señaló una pantalla de visualización que mostraba la escena directamente encima de ellos. Las puertas de arriba que habían abierto hace varios días todavía estaban ampliamente abiertas hacia el cielo—pero ¿por cuánto tiempo?

"Él ha estado trabajando con la computadora más de cerca que el resto de nosotros. Si ordena a esas puertas cerrar antes de que podamos salir, nos estrellaremos contra el metal o no saldremos del suelo. No podemos darle esa oportunidad—la forma en que está ahora, nos mataría antes de dejarnos ir. ¡Déme el antigravitacional interno, ahora!"

"¿Incluso sin una verificación previa al vuelo?"

"¿Ha estado escuchando tan sólo una palabra de lo que he dicho? Si esperamos sutilezas, nunca nos iremos."

"No tengo una ruta establecida," dijo Bakori.

"Se lo perdonaré por esta vez," dijo Dev. "Simplemente salgamos de este agujero y nos preocuparemos por nuestra ruta más tarde."

Dunnis activó los controles adecuados con lentitud agonizante mientras luchaba bajo estrés con la consola desconocida. Dev luchaba bajo las mismas condiciones y sudaba profusamente. Parecía como si todo el aprendizaje que había hecho en los últimos dos meses quisiera borrarse de su mente, dejándola mirando los controles alienígenas sin comprenderlos. Ella luchó contra ese sentimiento, haciéndose pasar de memoria sobre su panel, marcando lo que cada interruptor hacía.

La gravedad artificial interna vino de manera bastante repentina, sacándola de su trance. "Todo listo por mi parte," dijo Dunnis. "Ahora queda de la suya, capitana."

Dev alcanzó y tocó los controles apropiados. La nave entera tembló al despertar bruscamente de su siesta milenaria y trató de lanzarse a la acción instantánea. Sin la comprobación previa al vuelo, los sistemas eran lentos, reacios a responder a sus comandos. En un par de instancias, Dev tuvo que apagar y luego volver a activarla antes de lograr el efecto adecuado.

No podían sentir ningún movimiento mientras la nave empezaba a levantarse del suelo donde había permanecido inactiva durante tanto tiempo, pero en la pantalla podían ver el cielo saltando hacia ellos. Justo cuando comenzaron a mover a Dev, quien había mantenido un ojo pegado a la pantalla, vio que las grandes puertas de arriba comenzaban a deslizarse juntas. Desechando toda su precaución, cambió instantáneamente a plena potencia, dispuesta a hacer abrumar los motores no comprobados hasta el límite, en su esfuerzo por liberarlos de Orrork.

El campo interno de gravedad se elevó repentinamente hasta casi cuatro gs mientras la nave se lanzaba hacia la brecha que se iba cerrando rápidamente. Dev podía decir, mirando a la pantalla, que lo harían por lo menos a mitad de camino—pero si las puertas se cerraban de golpe contra ellos cuando salgan sería una cuestión decidida por sólo unos segundos.

Cerró sus ojos y luchó contra la pesada aceleración, sosteniéndose por el ruido y el choque de las puertas que crujían en el casco de la nave. Pero los golpes nunca llegaron y, después de transcurridos diez segundos sin novedades, Dev se atrevió a abrir sus ojos de nuevo.

La nave estaba libre, alejándose rápidamente de la montaña hacia los cielos. Dev extendió una mano y dejó caer los niveles de potencia hasta que su aceleración descendió a un nivel menos que orbital y una fracción de pgs. "¿Gros?" preguntó, "¿es el sistema lo suficientemente estable como para mantenernos fijos aquí por un par de minutos?"

"Así parece. ¿Por qué?"

Dev no respondió directamente. Estabilizó la posición de la nave y jugó con la pantalla hasta que el Monte Orrork apareció una vez más a unos tres kilómetros por debajo de ellos. Cuando determinó que estaban lo suficientemente enderezados como para mantener su posición durante un momento, se desprendió de su sillón y cruzó la sala de controles hasta la consola de artillería.

Dunnis la miró con horror mientras se daba cuenta lentamente de lo que ella iba a hacer. ¡No puede," dijo. "¡Roscil está ahí abajo!"

"Esa fue una decisión que él tomó voluntariamente," dijo Dev. Sus palabras eran cortadas y enérgicas, su tono era frío. "No podemos dejarlo allí bajo el control de esa computadora."

"¿Por qué no? No puede hacernos daño ahora."

"Pero hay millones de daschameses a quienes sí puede lastimar, y lo hará en su condición mental actual." Su voz se suavizó cuando se volvió para mirar a Dunnis directamente a los ojos. "No me gusta el pensamiento de matarlo, tampoco. Fue un amigo durante algunos tiempos difíciles, y me contrató cuando nadie más lo hizo. Pero el hombre que hizo esas cosas ya no existe. Si lo dejo vivir, yo seré responsable—sólo indirectamente—por el dolor y sufrimiento de millones de seres inteligentes. Eso es algo con lo que no escojo vivir."

Dunnis no dijo nada. Sabía lo que su capitana decía era verdad—Larramac descargaría su furia y frustración con los nativos, que no podían luchar en su contra. Había también en sus mentes el conocimiento de que Larramac había tratado de matarlos para evitar que se fueran, y volvería a intentarlo si se le diera la oportunidad.

Con una lágrima en su ojo, activó tres interruptores necesarios. "Energía para la consola de artillería," dijo roncamente.

Dev continuó mirándolo incluso después de que él evitó su mirada. "Gracias, Gros," dijo con tranquilidad.

Volviéndose, entonces, preparó sus generadores y apuntó hacia el Monte Orrork. Su manera era un todo o nada. Pensó en la montaña sólo como un objetivo, y se negó tan siquiera considerar la vida humana que existía en su interior. Sin el menor indicio de vacilación, disparó.

Rayos de increíble energía fueron lanzados hacia abajo a través de la atmósfera. Golpearon la ladera con explosiones que sacudieron el suelo durante cientos de kilómetros a la redonda. La ladera se abrió, exponiendo la maquinaria desnuda del interior de la montaña.

Dev disparó de nuevo y más explosiones se desgarraron en la antigua fortaleza de los dioses. El humo se elevaba desde el edificio arruinado en gruesas nubes blancas que momentáneamente oscurecían la vista de Dev. Cuando pasaron las nubes, disparó una tercera vez y ahora la superestructura de la montaña se derrumbó. Toneladas de material cayeron hacia dentro y el paisaje entero se ahogó con el polvo levantado por la implosión.

"Creo que esto será suficiente," anunció. "Los niveles inferiores pueden haber sobrevivido, y Roscil con ellos—pero incluso si lo hicieron, no hay nada que pueda hacer él solo para reconstruir Orrork. Tendrá que correr el riesgo de ser un mortal, igual que todos los demás."

Caminó lentamente de regreso a su sillón de aceleración.

"Probablemente sería lo mejor, cuando regresemos a nuestra propia civilización, si mentimos un poco sobre lo que pasó aquí. Lo que dije hace unos momentos acerca de tener poderes de emergencia en esta situación es perfectamente cierto —pero si algún fiscal inteligente intentase levantar un caso de motín contra nosotros, eso podría concebiblemente dañar nuestra reputación y hacer aún más difícil que obtengamos trabajo." Dev se estremeció al darse cuenta de que ya estaba desempleada. "Podríamos tener que llevar a cabo una larga y costosa batalla legal para justificar nuestras acciones. No creo que ninguno de nosotros quiera eso. Solo digamos que Roscil murió luchando contra los dioses. En parte, eso es cierto."

"¿Y qué hay de los nativos?" preguntó Dunnis. "¿Qué pasará con ellos ahora que los dioses se han ido?"

"Bueno, ellos no saben eso ahora mismo, así que por un tiempo probablemente seguirán con su rutina normal. Pueden tardar meses o años en darse cuenta del alcance de su libertad, quizás incluso siglos. Nunca borrarán completamente la influencia que los dioses tenían en su mentalidad y cultura, así como los humanos nunca hemos sido capaces de borrar nuestros propios comienzos. Lo usamos como base para crecer—y estoy segura de que ellos harán lo mismo."

Se dio la vuelta hacia Bakori. "Astrogador, trace una ruta hacia Windsong. Quiero salir de aquí tan pronto como sea posible."

Mientras el *Foxfire II* se alejaba la atmósfera de Dascham para siempre, dejaba tras de sí a un planeta que aún estaba por descubrir su despertar.

Stephen Goldin

Stephen Goldin ha escrito profesionalmente ciencia ficción y fantasía durante más de 50 años, publicando docenas de cuentos cortos (incluyendo al finalista de los Nebula Award "El Último Fantasma") y más de 35 novelas, incluyendo La Brigada de la Eternidad, ¡Polly!, Entre el Afuera, Caza del Tesoro, Asalto a los Dioses, los libros de Jade Darcy (en colaboración con su esposa, Mary Mason), la saga de 4 volúmenes al estilo de Noches Árabes, Parsina y la serie de ópera espacial de 10 tomos, Agentes de ISIS.

Es un ateo cuyos intereses incluyen álbumes musicales de Broadway y arte surrealista.